新潮文庫

凶器は壊れた黒の叫び

河野 裕著

新潮社版

10660

目次

凶器は壊れた
黒の叫び

耳をすませていた。

彼の声は、細く、弱い。慎重に扱わなければシャボン玉みたいに簡単に弾けてしまう。だから僕は息をひそめて、じっと彼の声を聴いていた。不必要な相づちは控えて、表情もできるだけ変えなかった。そうしていることは苦痛ではなかった。彼の声は綺麗に澄んでいた。でも悲しい声だった。彼は母親について話していた。

相原大地《あいはらだいち》は、小学二年生の少年だ。

どちらかというと寡黙な少年だろうと思う。彼の大声なんて聞いたことがないし、声を上げて笑うこともまずない。でも、内気というのとも違う。相手の言葉を注意深く聞く耳と、短い言葉で的確な質問をする知性を持っている。

僕は大地を気に入っていた。歳は離れているけれど、友人のように感じていた。ほんの一〇分だけでもふたりきりで話をしたなら、多くの人がこの少年に好感を持つだろう。

でも、例外もいる。その例外について、僕は彼から話をきいていた。

「お母さんは、僕の声が嫌いなんだよ」

と大地は言った。

それからうつむいて、考え込んだ。彼が口を閉ざしているあいだ、秒針が進む音が、耳障りに鳴っていた。ベッドの枕元の目覚まし時計がたてる音だった。

僕たちは階段島《かいだんとう》と呼ばれる島の、三月荘《さんがつそう》と名づけられた寮で生活している。この一〇日間ほどは毎日のように、夕食のあとに大地を僕の部屋に招いている。彼の話を聞くためだ。僕はベッドに腰を下ろし、大地は学習机の前の椅子に座っている。うつむいたまま彼は続ける。

「違うのかな。わからない。でも、他の人が言ったら怒らないようなことを、僕が言ったら怒るんだよ。おはようとか、おやすみなさいとか」

こんな話を、僕は聞いていたくなかった。できるならトランプでもして遊んでいたかった。大地だって話したくないだろう。一言ずつ傷ついているのだろう。でも僕は、彼の事情を理解するつもりでいた。彼の個人的で繊細な領域に踏み込んで、傷口からまた血を流すことになったとしても。

こうすることが正しいんだ、なんて、言えるはずがない。今でもまだ半分は間違っているのだと思っている。僕はなにかを決意したわけでも、正義感に目覚めたわけでもなくて、ただ諦めただけなのだ。この少年に対するある種の優しさを放棄しただけだ。そのことを別の、聞こえのよい言葉に置き換えたくはない。

僕は尋ねる。

「どうして君のお母さんは、君の声が嫌いなんだろう？」

大地はまた考え込む。少なくとも彼は、特別に語彙が豊富なわけではない。単語のひとつひとつは、年相応のものが大半だ。でも知的な少年だった。きっと言葉が誠実なのだ。思いつきで、反射的に口にしたような返事がほとんどない。一言ずつ彼なりに推敲されている。たとえば彼は、僕の質問に「知らない」や「わからない」なんて言葉で答えてもいいはずだ。実際に大地は、母親が彼に向ける感情をはっきりと理解しているわけではないだろう。どれだけ頭がよくても、小学二年生に理解できるものではないはずだ。でも大地はしっかりと考えて、彼なりの答えを返してくれる。そしてその言葉の多くが、的を外れてはいない。

「お母さんは、子供の声が嫌いなのかもしれない」

と、大地は言った。

彼は子供という言葉を、どういった意味で使ったのだろう。ただ年齢のことだろうか。それとも母親との血の繋がりを指しているのだろうか。当たり前に考えれば、前者だ。でも必ずそうだとも言い切れない。これまでにも何度か、彼の言葉の意味が想像よりもずっと深かった経験がある。

　大地は顔を上げて、まっすぐに僕をみる。

「ねぇ、どうしたら大人になれるの？」

　とても難しい質問だ。それは、正解がないような質問だ。一般論であれば、いくつかの返事を思いつく。経済的に自立したとき、というのはひとつの指針だろう。ただ無邪気な子供の質問であれば、あと一〇年経てば、なんて風に答えてもいい。相手と状況によって、もう少し違った言葉も選べる。――権利と責任の関係を理解したら。自分の居場所を能動的に作れるようになったら。親に大人だと認められたら。

　でも母親に愛されない小学二年生の少年にみつめられたとき、こんな質問にどう答えればいいのだろう？　僕はまだ高校生だ。大人について本質を語れる年齢ではない。複雑な質問を、上手い嘘で切り抜けられるようになれば、大人だろうか。

　僕は大地との時間だけは、できるだけ誠実に言葉を扱おうと決めていた。だから、いちばん嘘ではない返事をした。

「僕にもわからないよ。ふたりで一緒に考えてみよう」

「うん」

「もしお母さんが、本当に君の声を嫌いだったとして、大地はどうして大人になればいいと思ったの？」

「僕が大人になれば、毎日は会わなくていいから」

「時間を置くのが重要だってことかな？」

大地は時間、と反復する。しっかりと考えて、慎重に答える。

「そうかもしれない。選べるのが、いいんだと思う」

「なにを選べるといいの？」

「一緒にいるとき。別々にいるとき」

なるほど、と僕は頷く。

会いたいときに会って、会いたくないときには会わない。それは、ある種の健全な繋がり方ではある。幼い子供とその母親という関係性を取り払って考えれば、と前提がつくけれど。僕は本心では、このやり取りが本来の意図からは外れていることを自覚していた。健全な親子の関係について考えているとき、子供が大人になればいい、というのは本末転倒だ。必要なのは大人の方が、きちんと親になることだ。

僕はまた、彼を傷つけるのだとわかりきっている質問を口にした。

「お母さんはいつから、君の声が嫌いになったんだろう？」

大地が顔をしかめる。すぐに後悔した。もう少し上手い言い方があったはずなのだ。同じことをもっと遠回りに、穏やかに尋ねられたはずだ。たとえば母親との楽しかった思い出をひとつずつ尋ねていけば、それで埋まらなかった空白を手がかりに答えを推測できたはずだ。

大地は口をつぐんでいた。僕も黙って彼をみつめていた。また、秒針の音が聞こえる。

やがて、部屋のドアがノックされた。僕はドアに向かって「どうぞ」と応える。三月荘の管理人――ハルさんが顔を出して、大地に向かって言った。

「お風呂、あいたよ。一緒に入る？」

大地が僕の方をみる。僕は頷いて、「今日はこれくらいにしよう」と言った。

＊

小学二年生の少年から幸福とはいえない家庭の事情を訊き出すようなことを、僕はできるならしたくなかった。一方で大地が、いつまでもこの階段島にいるべきではないことも、一般論で考えれば当たり前だろう。幼い子供は親元で育つべきだ、というだけではなくて、この島は彼のような少年が生活するべき場所ではない。

階段島は捨てられた人々の島だ。僕たちはごみ箱に放り込まれるように、ぽんと捨てられてここにきた。

どうやら僕たちを捨てたのは「自分自身」らしい。魔女に出会って、僕たちは自分の人格の一部を捨てた。たとえば泣き虫な自分や、怒りっぽい自分を、ぐしゃぐしゃに丸めてごみ箱に放り込んだ。その、捨てられた方の人格が、僕らだ。なんだかおとぎ話のようだけど、これは比喩やたとえ話ではなくて、偽りのない事実なのだと思う。僕は魔女と知り合い、現実側の――僕を捨てた方の――僕に出会った。魔女は目の前で晴れた夜空から雪を降らせてみせてくれた。僕には魔女や魔法が実在するのだと信じる根拠があり、否定する根拠はない。

だから、階段島は悲しい島だ。

ここにいるのは、自分自身に捨てられた人格たちなのだから。

僕はそのことに、必ずしも否定的ではない。不要な自分を切り捨てるのは、成長のひとつの形なんだろう、と素直に思う。ずっと幼いころ、どうやら僕はヒーローに憧れていたらしい。幼稚園の卒業アルバムに将来の夢という欄があって、僕はそこに、当時テレビで放送されていた戦隊ヒーローの名前を書いていた。今となっては信じられないけれど、そういう時代が僕にもあった。

幼いころ大切にしていたオモチャのことをふと思い出して、行方を考えてみるけれどわからない。そんなことが、誰にだってあるんじゃないかと思う。同じように僕は、ヒーローになりたいという自分を失くしてしまった。無自覚的に、当時自分だったものの一部を捨ててしまった。これはたしかに成長の一端なのだろう。中学生や高校生にもなってまだ本気で戦隊ヒーローに憧れていたなら、やっぱり子供っぽいと言われるのだろう。

もし不必要な自分を、自覚的に、能動的に捨てられたなら、人はそれを努力と呼ぶはずだ。努力が実を結んだなら、素敵で、幸福で、正しいことだと拍手するはずだ。途中で魔女の力を借りていたとしても、僕にはそれを否定できない。運よく素晴らしい先生に出会って勉強が嫌いな自分を捨てるのと、魔女の魔法で同じものを捨てるのに、大きな違いはみつけられない。成長なんてものはたいてい、本人の努力だけで成り立つものではない。周囲の環境で結果が変わって当然だ。

でも、一方で大地のことは、やっぱり問題なのだろうと思う。ほんの幼い少年が「自分自身によって捨てられた」なんてのは、さすがにちょっと悲しすぎる。小学二年生。まだ、ヒーローに憧れていても許される歳だ。どうしてそんな年齢で、自分自身を否定しなくてはならないんだ。

できるなら彼は、階段島を出ていくべきなのだろう。とはいえ「ここは君の居場所じゃないんだよ」と言って、燃えるゴミに混じったアルミ缶を取り除くように、彼を一方的に放り出すわけにはいかない。大地が今、この島にいることには、重たい原因があるはずだ。それを取り除いてからでなければ、彼を送り出すわけにはいかない。

僕は大地が「なにを捨てたのか？」について、ほぼ正確な答えを知っている。彼は、母親を嫌う感情を捨てた。自分自身が少しずつ母親を嫌っていくことに恐怖して、それを捨てた。

普通じゃない。

いったいどんな少年が普通なのか、僕にはわからないけれど、でも大地の状況は特別だ。特別に、彼は優しい。母親に嫌われて、「おはよう」や「おやすみなさい」というだけで怒られて、それでも母親を嫌う感情を捨てたのだから。

もしも僕の目の前にいる、捨てられた大地が彼の「母親を嫌う感情」なのだとしたら、やはり最終的には消えてなくなるべきなのだろう。でもそれには、正当な手順を、ひとつずつ踏む必要がある。まず現実の大地がこの島の大地を取り戻して、きちんともう一度、母親を嫌う自分を手に入れて、それから日常生活の中でゆっくりと消えていくべきものだ。彼の努力ではなくて、自然なこととして。彼自身ではなくって周囲の環境が、そうなるように整っていなければならない。

僕に、現実の彼の環境を変えるようなことができるだろうか？

正直なところ、まず不可能だと思っている。だって僕も自分に捨てられて、この階段島から出られないでいるのだから。上手くいかないとわかっているなら、やっぱり彼から事情を訊き出すようなことはするべきではないのかもしれない。いたずらに彼の傷口を広げるだけなのかもしれない。一方で、大地の問題に無関心を貫いたとき、それで事態が好転するとも信じられない。

結局、僕の思考はどちらを諦めるのか、というところに行きつく。大地を傷つけないでいることを諦めるのか、彼の問題に立ち向かうことを諦めるのか。僕ひとりであれば、後者を選んでいただろう。僕ではない誰かに期待して、大地とは楽しくトランプをして遊んでいただろう。

でも実際には、僕はほとんど不可能だと知りながら、彼の問題に向き合うことに決めた。

もしもそうしたことに理由があるのなら、それはきっと、僕が愛する星が今もまだ夜空のどこかで輝いているからだ。

＊

ハルさんと、大地と一緒に一階に下りて、僕たちは食堂でそれぞれコップに一杯の牛乳を飲んだ。ハルさんと大地は風呂場に向かい、僕はキッチンで三人ぶんのコップを洗って伏せた。

食堂には、僕のほかには誰もいなかった。部屋に戻ろうと明かりを消して、そのすぐあとで、電話が鳴る音が聞こえた。食堂の片隅にはピンク色の公衆電話が置かれている。それが鳴り出したようだった。

暗闇の中で鳴る電話の音は、群れたカラスの鳴き声みたいに不吉だ。僕は重たい受話器を持ち上げて、耳に当てて、月明かりが射し込む窓に目を向けた。

声が聞こえる。

「こんばんは。月が綺麗な夜ですね」

女性の声だ。それは間違いない。でも不思議な声だった。まだ子供のようにも、年老いているようにも聞こえる。誰でもあるような、だから誰でもないような、実体を上手く想像できない声だった。

以前、一度だけ同じ声を聞いたことがある。

――これは、魔女の声だ。

あのときも電話越しだった。この声の主を、僕は知らない。魔女の正体なら知っている。僕のクラスメイトだ。でもあの寡黙な少女とこの声が、どうしても繋がらない。

魔女は、ひとりではないのだろうか？

わからない。僕はいつも電話を受けたときと同じように対応する。

「どなたに御用ですか？」

「貴方と話をしたくて、電話をかけました」

「どうして？」

「伝えておきたいことがあります」

受話器の向こうで、魔女は笑ったようだった。笑い声が聞こえたわけではない。でも、息づかいだろうか、あるいはこれも魔法の一種なのだろうか、僕には彼女が笑ったのがわかった。

魔女は言った。

「このままだともうすぐ、階段島が崩壊します」

少なくともそれは、魔女らしいセリフではあった。不吉な予言のようだった。

「意味がわかりません。もう少し、具体的に教えてください」

「ある少女が、魔法を奪い取るのです」

わけがわからない、と言ってしまえればよかった。でも僕には、彼女の言葉に心当たりがあった。

「魔法って、簡単に奪い取れるものなんですか？」

「簡単ではありませんよ。でも、場合によっては。魔女でいるためには資格がいります」

資格。

「それは、どんな？」

「幸福であることです」

意外な答えだ、とまず感じた。なにか彼女の言葉を予想できていたわけではないけれど、それでも。なんだか漠然とした答えだ。

彼女は続ける。

「魔女は、幸福によって呪われています。自由で、我儘で、幸福であることが魔法を遣うための条件です」

「不幸になると、魔女ではいられないということですか？」

「ええ。よく考えてみてください。彼女の幸福を」

「彼女とは、誰ですか？」

「言うまでもないでしょう。貴方がよく知っている魔女ですよ」

僕はため息をつく。いったい、なにが起こっているというのだろう。

「会って話をしましょう」

「いいえ。その予定はありません」

「どうして？　あの子を助けたいから、電話をくれたんじゃないんですか？」

「違います。誰が魔法を遣おうと、私には関係のないことです」

どういうことだ？　この「魔女」は、なにを考えているんだ？

また笑って、彼女は言った。

「私はただ知りたいだけなのです。貴方がなにを考えて、どう行動するのか。なにを捨てて、なにを捨てないのか。客席から舞台をみるように、ただ眺めていたいだけなのです」

僕にはまだ、いくつも尋ねたいことがあった。わからないことだらけだった。

「よい物語をみせてくれれば、拍手を贈ってあげますよ」

ではおやすみなさい、と言って、魔女は電話を切ってしまう。

僕は受話器を握り締めたまま、しばらく窓から射す月明かりを眺めていた。耳元では単純な電子音が、繰り返し聞こえている。

魔女、魔法、階段島。

いったい誰が、なにを求めているのだろう?

そんなことがわかるはずもない。僕は、僕自身が求めていることさえよくわからないのだから。受話器を電話に戻して、窓辺に歩み寄る。階段島の冬はまだ明けない。夜空を見上げても、僕の大好きな星の姿はみつからない。

一話、ふたつの星

1　七草　三月四日（木曜日）

　三月に入っても日の光は暖かく感じなかった。よく晴れた空は薄い水色で、凍った湖みたいに清潔に澄んでいた。一〇〇万回生きた猫は校舎の屋上の手すりにもたれかかり、いつものように紙パック入りのトマトジュースを飲んでいた。僕はそのとなりで、ホットの缶コーヒーのプルタブを開けた。

「彼女のことを、今でもまだ考えるんだ」

　と一〇〇万回生きた猫は言った。彼はもちろん猫ではない。背の高い青年だ。でも僕の前では、あの絵本の主役として振る舞う。しっぽもひげもないけれど、自分は猫なのだと言い張っている。彼は彼自身のままでは、上手く自分のことをしゃべれないようだった。

一〇〇万回生きた猫が言う「彼女」も、同じ絵本に登場する。一匹の美しい白猫だ。もし彼が主役を務める物語がミステリだったなら、きっとその白猫こそが犯人役になっていただろう。もちろん実際には、彼が登場する絵本はミステリではない。絵本までわざわざジャンルなんて窮屈な枠組みに当てはめる必要もない。

一〇〇万回生きた猫は続ける。

「彼女はオレがとなりにいることを許してくれたんだよ。でもね、その理由がわからないんだ。同情だったのかもしれない。きまぐれだったのかもしれない。心の底からオレなんかには無関心で、だからどこにいようが知ったことじゃなかったのかもしれない」

彼の声は、むしろ楽しげでさえあった。

僕は試しに言ってみる。

「あるいは君を、本当に愛していたのかもしれない」

それはない、と一〇〇万回生きた猫は首を振る。

「あのころのオレは、とてもつまらない猫だったからね。自分だけが特別だった。この世の中はみんな馬鹿みたいだと思っていた。そんな猫に惹かれるほど、彼女は愚かじゃない」

「どうかな。好意を持つ相手の選び方なんてのは、知性とはあんまり関係がないようにも思うけど。それに昔の君だって、意外と悪くなかったかもしれない」

「そういうことじゃないんだ」

一〇〇万回生きた猫は僕を説得するように、また首を振った。具体的な言葉はなかったけれど、僕は動作で説得されておくことにした。話を先に進める。

「君の方は、彼女を愛していたの？」

「どうかな。まだ、わからない。彼女が大切だった。それは間違いない。ほかのなにより も大切だった」

「なのに、愛していたのかはわからない」

「うん。そうなる」

「どうしてわからないんだろう？」

「オレは猫だからね」

「猫には、愛がわからないものなの？」

「きっと。猫と人間にはわからない。どちらも好奇心が強すぎる。わからないものがあったとき、猫はすぐに顔を近づけるし、人間は虫眼鏡を使う。でも愛なんてのは、間近で詳細に調べるほどにわからなくなっていくものなんだ」

「へぇ。なぜだろうね」

「理屈じゃ説明できないからだよ。オレが思うに、愛ってのは実体のない、空白みたいなものなんだ。それを細分化すると、別の色々な感情がみつかる。同情、執着、好奇心。

苛立ちや悪意なんかも混じっているかもしれない。たくさんの感情が、転々と散らばっていて、それを包んでいる空白の名前が愛なんだ。でもオレたちはなかなか、空白に目を向けられないんだよ。好奇心は形のあるものばかりにひっぱられる」

なるほど、そうかもしれない、と僕は言った。

僕たちは愛について話し合っていた。とても乱暴に要約してしまえば、そうなる。気持ちの悪いことだ。だから別の要約の仕方を選ぶなら、僕たちは大地《だいち》のことを話し合っていた。

僕は尋ねる。

「つまり、大地が母親に愛されるのを目標に設定するのは、難しいってことだね？」

一〇〇万回生きた猫はトマトジュースのストローをくわえて、頷く。

「そんなことは、君にだってわかっていただろ？」

「まあね」

僕もホットの缶コーヒーに口をつける。微糖の甘みが、熱と一緒に口の中に広がる。

「愛なんて言葉で括らなくても、僕は人の感情をあれこれ操作することを、目標に置きたくはないよ」

「なぜだい？　現実的に難しいから？　それとも、君の価値観が理由かな？」

「両方だ」

難しいし、好みの考え方ではない。感情なんてものの中で、僕が身勝手に手を入れていいのは、自分自身のものだけだ。でも、と僕は続ける。

「でもそこを避けては通れない問題だから、困っているんだよ」

大地の環境を変える方法は、いくつか思いつく。たとえば小学校や児童相談所なんかの、社会的な組織に動いてもらうのが本来であれば適切だ。でもその結果、現実にいる大地の身にはどんなことが起こるだろう？　母親との簡単な話し合いの場が設けられるだけなのかもしれないし、具体的な問題がみつかれば彼は親元を離れて生活することになるかもしれない。どちらであれ彼が抱える問題が解決する可能性はある。けれど完全で、理想的な結末には程遠い。

理想を追い求めると、どうしても愛の話になる。大地の母親が彼を愛する以外の結末では、どれも足りていない。

一〇〇万回生きた猫は、首を傾げてみせる。

「でも君は、もう具体的な方法を考えているんだろ？」

「それほど具体的じゃないよ。ともかく、僕ひとりじゃ大したことができないのはわかりきっているからね。大人の協力者がいるんだと思う」

――どうしたら大人になれるの？

と、大地は言った。その答えは、僕にはわからない。

でもこの場合の大人は定義づけが簡単だ。大地の母親が、大人だと判断する人物であればいい。年齢や立場に説得力がある誰かの協力が欲しい。

「君はどうやって、その協力者を手に入れるつもりなんだい？」

「候補は何人かいる。条件は、大地の母親がまともに話を聞く気になる職業についていることと、信用できる人格であること。でも僕に人をみる目なんてありはしないから、人格の方はあまり判断の材料にはならない。いちばん条件に当てはまるのは、トクメ先生だ。彼女自身は専門でなくても、教師にはこういった問題に関する人脈があるかもしれない。仲間に引き込んでおいて損はない」

トクメ先生というのは、僕のクラスの担任教師だ。過去にトラウマがあるようで、本名を明かさず、生徒の前では仮面も取らない奇妙な先生だけど、真面目で誠実な人だと僕は感じている。

「よくわからないな」

一〇〇万回生きた猫は、右手を顎に当てた。左手ではトマトジュースをつかんでいる。

「大地の母親は、島の外にいるんだろう？　なら階段島《かいだんとう》の人間を、協力者にしてもあまり意味はない。オレたちはこの島から出られない」

階段島は捨てられた人たちの島だ。このことは、住民であれば誰もが知っている。けれど一方で、「誰に捨てられたのか」については明らかにされていない。魔女がそれを秘匿しているのだろう。僕が知っている魔女は、優しい子だ。だから「あなたは自分自身に捨てられたんです」なんてひどいことを、わざわざ伝えたりしない。

島の外にも、トクメ先生はいるはずだ。この島のトクメ先生を捨てた彼女が。でも階段島の外に「自分を捨てた自分」がいて、今もまだ日常生活を送っているんだよ――なんてことを、一〇〇万回生きた猫に説明するつもりはない。

僕は曖昧に首を振る。

「島の外と連絡を取る方法は、考えているよ。なんとかなると思う」

一〇〇万回生きた猫は笑う。

「なんとも君らしくないセリフだね。なんとかなる。希望に満ちている」

「そうでもない」

ただ、知り合いに優しい魔女がいるだけだ。彼女を頼れば、「島の外の自分」と話をすることがおそらく可能なはずだ。僕だって僕に会った。おそらくトクメ先生も、現実側の彼女に会うことができる。現実側のトクメ先生に事情を説明して味方になってもらえれば、大地の問題は多少なりとも前進するはずだ。

僕は一〇〇万回生きた猫に、本題を切り出す。

「君には別に、頼みたいことがあるんだ」

「ただの猫に、なにをさせようっていうんだい？」

「ある女の子と、仲良くなって欲しい」

「相談する相手を間違えてるよ」

「そうかな？　専門家だろ。君は一〇〇万回生きて、一〇〇万人に愛された」

「簡単に言ってくれるね」

一〇〇万回生きた猫は顔をしかめる。

「まあいい。オレはどんな女の子と仲良くなればいいんだい？」

「僕のクラスの、堀《ほり》という子だよ。背が高い女の子だ。とても寡黙だし目つきが鋭いから、第一印象はあまりよくないかもしれない。でも、優しい子だ」

「彼女のことは知ってるよ。話をしたことはないけどね」

「手紙でも送ってみてよ。たぶん返事をくれる。仲良くなったら、ふたりで食事にでもいけばいい」

「わけがわからないな。そうすることに、どんな意味があるんだ？」

「彼女にはきっと、僕に話せない秘密がある。それを訊き出して欲しい」

「彼女の秘密が、大地少年のことと関係しているのかな？」

「おそらく」

大地だけではない。堀の秘密は、この島にいる全員に関係しているはずだ。

堀は魔女だ。階段島においてもっとも重要で、もっとも力を持つ人物だ。少なくとも、今のところは。

一〇〇万回生きた猫はまた笑う。

「今日の君は、意外なことばかりを言うね」

「そう？」

「ああ。これだけ意外だと、むしろ君らしい。なにか厄介なことを考えているみたいだ。君は目的が決まってしまえば、どんなに意外なことだってする」

そうではない。僕の目の前にはふたつの問題があり、どちらにも具体的な対処法はみつかっていない。だから手あたり次第に、思いついたことを実行している。

一〇〇万回生きた猫がストローをくわえて、トマトジュースの紙パックが少しへこむ。

「で？　その堀さんの友人に、どうしてオレが選ばれたんだろう？」

僕は答える。

「言葉に誠実だから、かな」

「オレが？　誠実？　冗談にもなっていない」

「もちろん。冗談なんかじゃない」

堀はきっと、傷つきやすい少女だ。だから極端に注意深く言葉を扱う。それでいつも無口になってしまう。

喋るのが苦手な堀と、自分を偽らなければ本心を語れない一〇〇万回生きた猫は、きっと価値観が似ている。サイズは違っても、語ることに対して同じ種類の誠実さを持っているのではないかと思っている。

「七草《ななくさ》。君は、堀さんの友人ではないのかな？」

「どうだろう。僕は友人だと思ってるけどね」

「なら、彼女の秘密は君が訊き出せばいい。オレよりも適任だろう？」

「そうじゃない」

難しいところなのだけど、なんとか言葉を探す。

「彼女の秘密は、僕には決して喋れないことみたいなんだよ。はっきり確認したわけじゃないけれど、そういう雰囲気だった。君になら意外にあっさり、打ち明けられるかもしれない」

「よくわからないな」

「僕にもよくわからない。ま、それほど深く考えなくてもいいよ。堀に友達がひとり増えるだけでも、僕としては有難い」

「ずいぶん彼女が大切みたいだね」

「良い子なんだ。あんまり、悲しんでほしくはないな」

一〇〇万回生きた猫は、空をみあげてしばらく考え込んでいた。空には白い、小さな鳥が一羽飛んでいた。まっすぐに南の方向に進む。水色の空にその白が消えたころ、彼は言った。

「いいよ。やってみよう」

「助かるよ」

「でもね、方法はオレが決める。それでいいね？」

「もちろん」

彼は空になった紙パックを潰して、こちらをみた。

「オレはね、君が別の少女の名前を出すものだと思っていたよ」

「へぇ。誰だろう？」

思い浮かんだのは、真辺由宇《まなべゆう》だった。でも一〇〇万回生きた猫は、別の名前を口にした。

「先週転校してきたばかりの、赤いフレームの眼鏡をかけた少女だよ。たしか、安達《あだち》」

「ああ――」

安達のことは、気になっている。

よりはっきりと言ってしまえば、僕は彼女を警戒している。

「安達とは、次の土曜日に一緒にご飯を食べる約束をしているよ」

寮に電話をかけてきた、おそらく堀ではない「魔女」は言った。

――ある少女が、魔法を奪い取るのです。

そして安達に初めて出会ったとき、僕は彼女が階段島にやってきた理由について尋ねた。彼女は答えた。

——奪い取るため、かな。

安達はきっと、堀の敵だ。

一〇〇万回生きた猫が、ふいに笑う。

「ああ。噂をすれば、ってやつだね」

彼は屋上のフェンスの向こうを指さした。学校から街へと下る階段の手前だ。こちらに背を向けて、安達が走っていた。

彼女に名前を呼ばれて、その前方にいた少女が振り返る。きめ細かな、まっすぐな黒髪を持つ少女だった。

真辺由宇。彼女はしっかりと、正面から安達と向かい合った。

2 真辺 同日

考え事をしながら学校を出て、街へと下る長い階段にさしかかったから手すりに手をかけようとした。真辺由宇が名を呼ばれたのはそのときだった。

振り返ると目の前に、赤いフレームの眼鏡をかけた少女がいた。首には青い、ガラス玉のペンダントがぶらさがっている。彼女の名前は安達だ、と真辺は思い出す。先週の木曜日にこの柏原《かしはら》第二高校に転校してきて、クラスメイトになった。とくに親しく話をしたことはない。真辺は尋ねる。

「どうしたの？」

安達は上がった息を整えて、言った。

「ちょっと相談に乗って欲しいんだよ。いいかな？」

「いいよ」

真辺は頷き、それから彼女の次の言葉を待つ。安達は首を傾げる。

「込み入った話なんだ。落ち着けるところに行きたいな」

「わかった。教室に戻る？」

「近くに知り合いがいないところがいい。どこかある？」

階段島は狭い島だ。ほんの少しだけある飲食店にだって、クラスメイトはやってくるかもしれない。

「じゃあ、私の部屋にくる？」

「いいの？」

「もちろん」

真辺はナツメ荘という寮で生活している。七草や大地がいる、三月荘《さんがつそう》の真向かいだ。

「なら都合がいいね」

安達は笑う。

「大地くんを紹介してよ」

どうして彼女が、大地のことを知っているのだろう？　わからなかったが、安達は教室でよく七草と話をしている。彼から大地のことも聞いたのかもしれない。

大地に友人が増えるのは、喜ばしいことだ。階段島には彼のほかには小学生がいない。彼がこの島での生活をどう思っているのか、真辺にはわからないが、やはり寂しく感じることも多いだろう。

真辺由宇は頷いた。

＊

安達に声をかけられる直前、真辺が考えていたのもちょうど大地のことだった。

大地と知り合ったのは、真辺が階段島にやってきた日だった。昨年の一一月のことだ。彼は夜道の、街灯の下で泣いていた。それから泣き疲れて眠ってしまった。彼も真辺と同じ日に階段島にやってきたようだった。

あれからずっと、大地のことを考えている。もちろん他のあれこれに意識が逸れることもあるけれど、思考の片隅に、いつもあの少年がいる。彼は問題を抱えている。そのゴールもはっきりとわかっている。大地の母親が彼を愛さなければならない。そして彼はこの島を出ていかなければならない。元の世界の大地とひとつになるのだ。今のところ、他の答えはない。でもどうすればそれが成し遂げられるのか、わからない。

大地の近くには七草がいるから、多少の安心感はある。七草は信用できる人間だ、という言い回しを、真辺は好まない。だってこの世界のどこに信用できない人間がいるというのだ。もちろん嘘つきも、悪人も実在することを知っている。でも信用するか、しないかは相手の問題ではない。こちらの問題だ。相手がどれほどの嘘つきでも、悪人だったとしても、信用から入りたいと真辺は思う。嘘つきが改心して最初に言った真実が誰にも受け入れられないなんて、悲劇でしかないのだから。すべての言葉を信じて、そのたびに裏切られる方が良い。それでも七草についてだけは特別な感情がある。

七草は、優しいのだ。

これまで出会った誰よりも、彼が優しい。そのことがいちばん大切だ。優しさこそがすべての問題を解決する源なのだと、真辺は考えている。だって優しい世界と幸せな世界は完全に同じものだから。誰にだって優しくあり続けられるなら、その人は間違えない。いつまでも優しくあり続けられるなら、その人は諦めない。もしも七草が優しく振る舞わない相手がいるとするなら、それは彼自身くらいだろう。

一方で、真辺由宇は優しくない。優しさや幸せよりも、正しさを優先する。真辺自身にとっての正しさを。私は本当に優しい人のための付属品なのだ、と真辺は思う。初めからそう考えて生きていたわけではないのだけれど、小学生のころ、七草と共にいるあいだにだんだんとわかってきた。

優しさにはたったひとつだけ問題がある。それは一歩目を踏み出さないことだ。だって優しい人は、誰かを傷つけることを怖れているから。

どこかに泣いている人がいる。その涙の原因になった誰かがいる。そんなとき七草はたいてい、「相手にも事情があるかもしれないんだから」という風なことを言う。実際に、その通りなのだと思う。悪人の事情まで想像するのが、優しい世界で、幸せな世界だ。でも真辺の価値観において、それは正しくない。

泣いている人がいたなら、まず味方になるべきなのだ。そこから始めるべきなのだ。一歩目は鈍感でいい。悪人のところに乗り込んで、怒鳴りつけるところまでは愚かでいい。その先で相手の言葉を聞く耳さえ持っていればいい。もしかしたら悪人は、悪人ではないのかもしれない。同情できるだけの事情があるのかもしれない。それでも。まずこちらの感情をぶつけなければ、相手の感情がわからない。こちらから声をかけなければ、相手の声は聞けない。

がむしゃらにでも走れば、道ができる。その道を作るのが私の役割なのだ、と真辺は考えている。だから私は優しくなくてもいいんだ、とまで言ってしまうと無茶苦茶だけど、でも。本当に優しい人のとなりで、たとえば七草のとなりで愚かでいることが必要なのだ。全力でSOSを放てば、世界はそれを無視しない。無視できないのだと信じている。泣いている誰かと世界を繋ぐ道さえあれば、どんな問題でも解決する。

世界は充分に優しくて、どこか狭い場所に閉じこもっている人だけが不幸なままでいる。ドアを蹴り開けて、錠をこじ開けて、壁を壊すことが必要なのだ。それが真辺由宇からみた現実であり、価値観のすべてだった。

相原《あいはら》大地は泣いた。真辺にとって重要なのは、そのことだけだ。そしてその泣き声は、もう七草に届いている。なら次に必要なのはその原因の元に——それはおそらく彼の母親の元に走っていって、言葉をぶつけ、感情をぶつけることだ。相手の言葉を引き出し、感情を引き出すことだ。真辺由宇は自身が拡声器になることを求める。大地の声と、その母親の声が優しい人まで届けばいい。でもこの階段島にいたままでは、大地の母親の元まで走っていけない。

だから真辺は、階段島が嫌いだ。在り方が気持ち悪いと感じていた。だって世界と切り離されているから。この島のSOSは、外の世界には届かない。

真辺は島の外に、自分を捨てた自分と、七草を捨てた七草がいることを知っている。階段の上で自分に出会い、大地のことを伝えた。もうひとりの、むこう側の真辺由宇は、すでに大地のことを知っている様子だった。あれからもう三か月以上も経っている。捨てた側の真辺や七草が大地の問題を解決してくれればそれでよかったけれど、これだけ待っても進展しないのであれば、やはりこちら側からも行動しなければならない。

――階段島にいる私たちに、なにができるだろう？

ポイントは魔女なのだ、と真辺は思う。はっきりとはわからないけれど、魔女はこの島と外の世界を繋げられるのではないか？

どうすれば魔女に会えるのだろう。魔女は山の中腹にある学校から、さらに山頂へと続く階段の先にいる、と噂されている。真辺は以前、その階段を上ろうとしてみたけれど、上り切ることができなかった。一度目は濃い霧が出て、気がつくと階段の下にいた。どうやら途中で眠ってしまったようだった。二度目は七草と一緒に上った。途中で七草はいなくなり、代わりにもうひとりの自分に出会った。話をしたあとで、七草を追いかけて、階段を駆け下りてしまった。

もう一度、七草と一緒にあの階段を上れば、魔女に会えるだろうか？　それとも別の方法が必要なのだろうか？　とにかく魔女と話をして、階段島と外の世界を繋げることが重要だ。

＊

そんなことを考えていたときに、安達に声をかけられた。

階段島の学生は、基本的にみんな寮で生活している。山の中腹にある学校へと続く長い階段の下には、いくつもの小さな寮が点在している。ナツメ荘はその中でもとくに小さなもののひとつで、学生用の部屋は七つしかない。一階は食堂や浴室などの共有スペース、二階に管理人さんの部屋と学生用のものが三つ、三階に四つだ。真辺の部屋は三階の、階段を上って右手にある。六畳ほどの、フローリングの部屋で、管理人さんには冬は寒いからカーペットを敷いた方が良いと勧められていた。真辺自身はこの島に長くいるつもりはなかったから、わざわざカーペットまで購入する必要はないだろうと考えていたのだけれど、でもあれこれと手間取っているあいだにもう冬を越そうとしている。やはりカーペットを買っておいた方がよかったかもしれない。

安達は部屋の中を簡単に見渡して、言った。

「殺風景な部屋だね」

たしかに、そうかもしれない。いくつかの小物を別にすれば、部屋は真辺が入居したときとほとんど変わっていない。ベッドと学習机は、もともと部屋に備えつけられていたものだ。真辺は衣類を整理するためにカラーボックスをふたつ購入したが、それらはクローゼットの中にすっぽりと収まっている。

真辺が椅子を勧める前に、安達は窓辺に歩み寄った。出窓になっていて、その手前のスペースに安達は腰を下ろす。彼女は窓の外に視線を向けた。

「三月荘はみえないんだね」

真辺は頷く。七草の寮は、この部屋の反対側だ。

「それで、話っていうのは?」

「ちょっと複雑でね。どこから話せばいいのか、難しいんだけど――」

安達はチェーンを首にかけたまま、青いガラス玉のペンダントを手に取る。

「これ、七草くんに買ってもらったんだ」

真辺はじっとその青いガラス玉をみつめた。大きさも形も、うずらの卵に似ている。深い青だが中にはいくつもの細かな気泡が入っていて、その泡が窓から入る光を受け、淡い色に輝いている。

安達はペンダントから手を離す。それは重力に引かれて落ちて、彼女の胸元で小さな円を描いて揺れる。

「べつに高いものじゃないけどね。七草くんに、去年のクリスマスに買ってもらった。それから一緒にパンケーキを食べた。私たちは、その程度には仲がよかった」

彼女は重要なことを話している。七草は去年の八月に、階段島にきた。一方で安達は、正確な時期は知らないが、まだ島にきて数週間だろう。真辺は思考をそのまま口にする。

「つまり貴女は、島の外の七草を知っているということ?」

この島の七草を、捨てたあとの七草を。

安達は頷く。

「貴女のことも知ってるし、大地くんのことも知ってる。私たちは島の外で、もう顔を合わせている。でも、忘れちゃったんだよね？　初対面だと思ってたでしょ」

安達の話に矛盾はない。真辺がこの島にやってきたのは一一月だが、その手前の三か月ぶんの記憶がない。幸運だ。安達は思わぬ手がかりを持っているのかもしれない。

「向こうの大地は、どうなったの？」

「どうにもなっていない。あの子は家出をしようとしたよ。二月に実行した。でもすぐに貴女と七草くんがみつけて、母親がいるマンションに帰ることになった。私が知ってるのは、そこまでだよ」

「どうして大地は家出をしたの？　私たちはどうして、彼を連れ戻したの？」

「そこまでは知らないよ。私は貴女や七草くんほどは、大地くんと仲がよかったわけじゃないしね。でもま、あの子の問題は解決していないし、むこう側の貴女たちは、もうなんとかしようって気もないんじゃないかな」

「どうして。問題は解決していない」

「もちろん、していない。でもね、私は諦めることが、非情だとは思わないよ。むこうの貴女たちはちゃんと大地くんの友達でいるし、それが多少なりともあの子の――」

彼女の話はまだ続いていたが、真辺由宇は席を立つ。

「ごめんなさい。用ができたから、話の続きは明日でいい？」

安達は首を傾げる。

「別に今日じゃなきゃだめってことはないけど、用ってなに？」

「むこうの私に会う。事情を訊く」

「どうして？」

「大地に必要なのは友達じゃない。いらないってわけじゃないけど、いちばんは違う。母親だよ」

「本当に貴女は、横道が嫌いだね」

安達は笑う。

「でもさ、この世界のすべての子供が、母親に愛されているわけじゃないんだよ。そしてその子たちが絶対に幸せになれないわけでもない。たったひとつの正解しかないなんて思い込んでいるなら、貴女は馬鹿にしている。この世界の、その正解を手に入れられなかった全員と、その全員の努力と感情を見下している。大地くんが母親の愛情を持っていなくても、それと同等のものをあの子に注ぐことはできるはずだよ。別の種類でも同じだけのものを。それが間違ったことだって、どうして貴女に決められるの？」

真辺はもう、安達に背を向けていた。すぐにでもこの部屋を出て、長い階段に向かうつもりだった。まだ駆け出していないのは、安達の言葉がまるで、七草のようだったからだ。彼女は七草に似ている。少なくとも、七草に似た視点を持っている。そうわかったから真辺は足を止めた。でも振り返るほどではなかった。

「この島にいる大地は、それじゃだめなんだよ」

背を向けたまま答える。

「階段島の大地がいなければ、貴女の言うことは正しいのかもしれない。わからないけれど、まったく無茶苦茶なことを言ってるわけじゃないんだと思う。でもここにいる大地が救われるには、むこう側の大地がそれを受け入れないといけないんだよ。母親の問題から目を背けたままでは、それはできない」

「つまり、魔女の魔法がいけないってこと？」

「いけないとは言わない。でも、充分ではない」

「なるほど。そうかもね」

真辺はドアノブに手をかける。

安達は言った。

「私は魔女を説得する方法を知っている」

今度こそ真辺は、振り返る。

窓辺で逆光を受けて、安達はまだほほ笑んでいる。

「貴女のこと、わりと好きだよ。すぐに壊れちゃいそうでさ。だから、手伝ってあげる。

外の貴女と話をするにしても、まずは魔女から崩すのが効率的だと思わない？」

この少女はいったい、なにを知っているのだろう？

さあ席について、と安達は言った。

真辺は席に戻って、腰を下ろした。

「魔女のことを、どれだけ知っているの？」

「答え方が難しいね。でもま、この島にいるだいたいの人よりは詳しいんじゃないかな。幼馴染みっていうの？　なんかしっくりこないけど、そう呼んで間違いじゃないと思う」

「どうすれば、魔女に会えるの？」

「とても簡単だよ。でも、そうだね。これから話すことは、秘密にしてほしい。誰にも話さないって約束してくれたら、私が知っていることを全部教えてあげるよ」

「なら、いい」

真辺は安達の瞳をみつめる。とくになにか考えがあるわけではない。安達に不信感があるわけでも、ましてや駆け引きをしているわけでもない。ただ、直感で拒否した。

「私には約束できない。秘密ではないことだけを教えて」

「どうして？　魔女のことを知りたくないの？」

「知りたいよ、もちろん。でも、必要だと思えば、私は誰にだって、なんだって話すから。事情を聞いたあとで、秘密にすべきだと思ったらそうする。でも聞く前に約束はできない」

「へぇ。意外とアンフェアだね」

よくわからない。真辺は眉を寄せる。

顎に手を添えて、安達は続けた。

「現実でね、貴女は秘密を約束したんだよ。相手は大地くんだった。それをきちんと守っていた。相手によって、約束できたりできなかったりするわけだ」

たしかにその通りだ、と真辺は思う。

現実の自分が、大地とどんな約束をしたのかは知らない。でも真辺自身も、中身を知らないまま秘密を約束したことがある。相手は七草だった。昨年の、一一月二三日に灯台の中で起こったことを誰にも話さないと誓っている。その態度は平等ではないだろう。私はアンフェアだということを受け入れよう、と真辺は考える。感情を無視してすべてをフェアに揃えることはできない。

「それで？」

真辺は先を促す。

「私がアンフェアだと、なにも教えてもらえないの？」

安達は首を振る。

「ううん。私は貴女に協力したいと思ってる。ただ、ね。秘密にしてもらえないのなら、なんでもかんでも話しちゃうわけにはいかないから――」

彼女は顎に手をあてたままの姿勢で、なにか考え込んでいる様子だった。真辺は次の言葉をじっと待つ。やがて安達は言った。

「なら、こうしよう。私は大事なところで嘘をつくかもしれない。貴女は私の言うことを、完全には信用できない。それでいいなら、できるだけ話してあげるよ」

わかった、と真辺は答えた。わざわざこんなことを宣言するのだから、安達は誠実な人なのだろう。そう思った。

「じゃあ、ひとつ目」

安達が、魔女について語り始める。

「魔女の正体は、私からは明かせない。でも七草くんが知っている」

3　七草　同日

急いで屋上から駆け下りてみたけれど、もう階段の前に、真辺と安達の姿はなかった。

僕は深く呼吸をした。息が上がっていなければ、ため息をついていただろう。どちらでもそう違わない。

安達が真辺に接触するのは、なんだか危険な予感がする。でも、どう危険なのかがわからない。――魔女でいるためには、なにか資格が必要らしい。安達の狙いは、堀からその資格を奪うことだろうか？　資格とはなんだ？　幸福であることだ、とあの電話の「魔女」は語った。では堀が不幸になれば、彼女は魔女ではなくなるのだろうか？

話が漠然とし過ぎている。現実味がなくて、詳細を想像で補うこともできない。堀はおそらく魔女のルールを知っているのだろう。でも彼女は、安達の件に僕を関わらせたくないようだった。

このところ、僕は毎週、土曜の夜に堀に会っている。日曜の朝には彼女からの長い手紙が届くのが習慣だったから、その前の夜に会って、直接手紙を受け取ることにした。

前回、二月二七日の土曜日に堀に会ったとき、彼女は少しだけ安達の話をした。

＊

土曜の午後九時ちょうどに、僕は堀に会いに行く。コートを着込んで、三月荘の部屋を出て廊下を進み、一階に下りて玄関で靴を履く。ポケットから手袋をとりだして、両手にはめてドアを開け、夜道へと足を踏み出す。うつむいて立つ街灯の光に照らされる息は白い。海を目指して複雑に曲がった路地を抜ける。そのあいだに誰かに出会うことはない。まだ就寝する時間でもないのに、寮の中でもひとりも僕の視界には入らない。

壁の向こうから物音や話し声が聞こえるだけだ。初めは気にも留めていなかったけれど、毎週繰り返しても同じなのだから、きっと堀が意図してそうしているのだろう。

海壁に沿って歩くと、やがて手のひらで隠してしまえそうなくらい狭い砂浜に下る階段がみつかる。堀はいつもその階段の片脇に立っている。グレーのチェスターコートを着て、淡いピンク色のマフラーでしっかりと口元を隠している。「こんばんは」と僕は言う。それから彼女の返事を待つ。堀は会話が苦手だ。きっとそれは、彼女が言葉を大切にし過ぎるからだ。もしラブレターを書いたことがある人なら、少しは彼女の気持ちがわかるかもしれない。あいにく僕には経験がないけれど、きっと書き出しから悩んで、単純なひと言にも長い推敲が必要になるのだろう。堀は日常のささいな会話でも、同じだけ言葉に迷う。だからいつも周りの乱雑な速度に置いていかれる。でも今、ここには彼女と僕しかいない。海をみても街をみても、ほかの誰もみつからない。だから好きなだけ悩めばいい。僕はいつまででも、彼女の言葉を待つ。彼女はやがて、そっとマフラーに手をかける。宝物みたいに現れた唇を動かして、綺麗ではないけれど誠実な声で「こんばんは」と応えてくれる。いや、彼女の少しざらついた、おもちゃのトランシーバーを通してかすかに聞こえるような声を、綺麗だと決めてしまってもいいのだ。それを決められるのが、ふたりきりで会うことの意味なのかもしれない。

僕たちは階段に並んで、一時間くらい話をする。元々は階段島や魔女のことを、僕が知るための時間だ。でも慌てることはない。

「今夜は一段と冷えるね」

と僕が言う。

堀はまた長い時間をかけて、やがて頷き、それからそっと首を傾げる。

「少し、暖かくする？」

きっと島の気候を変えることくらい、彼女は簡単にやってみせるのだろう。堀は魔女だ。階段島は魔女によって、優しく支配されている。クリスマスの夜に星空から雪を降らせるような魔法を彼女は使う。

僕は首を振る。

「寒いのは嫌いじゃないよ。なんだか景色が綺麗にみえる。でも、君が風邪をひいてしまわないか心配だ」

「魔女は、風邪をひきません」

「そうなの？」

「この島では。ひこうと思えば、ひけるけど――」

後半は小さくて、上手く聞き取れない。でもこの夜の交流を始めてから、彼女は本当によく喋ってくれるようになった。いまだに恐る恐るではあるけれど、僕が一方的に喋りつづけるということはなくなった。魔女の正体が堀だと僕が知ったのがよかったのかもしれない。秘密を持ち続けるのは、やはり重荷だろう。

僕はあくまで少しずつ、魔女のことを理解していく。今日は、魔女が風邪をひかないことがわかった。それに彼女は「この島では」と注釈をつけた。これまでの話でも、魔女は階段島にいるあいだだけ、特別な力を持つのだというニュアンスが含まれることがあった。

この速度でいい。ゆっくりと、日常的な会話の流れで魔女のことを理解していけばいい。堀との会話で、知るために尋ねるというのは、なんだか違うような気がしていた。踏み込もうとして踏み込むのではなくて、ただ一緒にいるから自然と相手を理解していく、そういう関係が望ましいと思っていた。

でも。その夜は、どうしても尋ねておきたいことがあった。

「一昨日、僕たちのクラスに転校生が来たね」

二月二五日、木曜日。一般的に考えれば、転校生が来るには違和感があるタイミングだ。でも階段島においては、特に不思議な話じゃない。親の転勤で、なんて事情でこの島に来る人はいない。自分に捨てられてやってくるのだ。だから時期は問題ではない。

「安達のことを、君はどれだけ知っているの？」

口にしてから、質問の仕方が悪かっただろうか、と僕は考える。もう少し具体的なことを順に尋ねた方が、堀は答えやすかったかもしれない。でも一方で、これでいいのだという気もした。なにを答えて、なにを答えないのか、決めるのは堀だ。

彼女は長いあいだ沈黙していた。波の音しか聞こえないここでは、時間の流れ方もよくわからない。僕はじっと夜空を見上げていた。島の夜は凍ったように静かだった。ここよりもさらに静かで冷たい宇宙を抜けて、星の光がいくつも射していた。熱は感じない。でも、明るい光だ。僕は手袋をした両手で自分の頬を軽くさする。堀の声が聞こえる。

「友達です。たぶん」

きっとこれが彼女から送られてくる長い手紙であれば、そのあとに何行もの注釈がついたのだろうと思う。友達という言葉の意味を彼女なりに解釈して、どうしてその言い回しを選んだのか、正確に伝えようとしてくれるのだと思う。でも今は、その先を期待することはできなかった。もっと、夜が明けるまででも僕がじっと彼女の言葉を待っていれば、もしかしたら続きを聞けるのかもしれない。でも無言で待つことだって場合によっては詰問のようだ。僕は堀を問い詰めたいわけではない。

堀のように臆病に悩んでから、僕は長い話をすることに決めた。

「君はもう知っているかもしれないけれど、おそらく安達が階段島にきて、初めて会ったのが僕なんだろうと思うよ。二月一一日の早朝に、そこの海岸を歩いていたとき、彼女に声をかけられた。安達はこの島のことをよく理解しているようだった。ここが自分自身によって捨てられた人たちの島なんだということもわかっていた。それに彼女は、記憶を失っていなかった。イレギュラーだらけだ」

普通、この島に来たばかりの人たちは、自分がどうして階段島にいるのか知らない。そして現実で魔女を捜し始めてからこの島を訪れるまでの記憶を失っている。安達はそのどちらでもなかった。僕は続ける。

「きっと彼女は特例なんだろうね。君の友達だっていうのなら、納得できなくはない。君は安達からは記憶を奪わず、この島のことを正確に伝えたのかもしれない。伝えるまでもなく、安達はすべてを知っていたのかもしれない。どちらかというと後者じゃないかと、僕は予想している。だって彼女はこの島に来た理由を『奪い取るため』だと言った。なにも知らなければ、なにかを手に入れたいとは思わないんじゃないかな。なんにせよ君と安達の関係は、僕にとっては重要じゃない。君が話してくれるというなら嬉しいけど、黙っていたいならそれでいい。僕には想像もつかないような理由が、きっと君にはあるんだろうと思う。これは別に魔女だからってだけの話じゃなくって、他人の事情なんて、すべてわかろうとする方が無茶なんだ。隠し事なんてあって当然だ。僕にとって重要なのは君が、安達のことをどう思っているか、ということだ」

これだけ話して、僕は息をつく。

堀は口を閉ざしたまま、じっと僕をみている。堀の目は細く、少し吊り上がっているから、なんだか冷たくみえる。でもその奥の瞳は綺麗だ。傷つきやすい夜空みたいに綺麗だ。

僕は続ける。

「安達がなにを奪い取ろうとしているのか、僕には正確にはわからない。けれど階段島からなにかを奪い取ろうとしているなら、相手は君なんじゃないかな。だってこの島は君のものなんだから。ねぇ、堀。もしも君が困っているのなら、僕は君の力になりたいと思うよ。だってこの島を管理する魔女は、君であって欲しいから。僕になにができるわけでもないけれど、一緒に困ったり、悩んだりすることはできる。ひとりで困っているよりも、ふたりで困っている方が状況はまだましだと、僕は思う。だから、今じゃなくてもいい。手紙に書いてくれてもいいし、ほかのどんな方法でもかまわない。もしも安達のことでなにかあれば、できれば話して欲しい」

堀に伝えたかったことは、これですべてだ。

これほど一方的に喋り続けるのは久しぶりで、なんだか疲れてしまった。せっかくの心地のよい夜が、少しだけ濁ったような気がした。錯覚だとしても星々の光さえ、僕が喋り始める前と後で、その意味合いを変化させたようだった。やっぱり堀との会話は、もっと静かな方がいい。ひと言ずつ、臆病に迷っている方がいい。

今度は、堀にしてはそう間を置かずに返事をくれた。

「七草くんに話したいことは、あるよ。たくさん。でも」

彼女はそこで一度、口を閉ざした。言葉に迷ったというよりは、表情に迷っているように、僕にはみえた。彼女はきゅっと眉間に皺を寄せて、珍しい、苦笑のような笑みを浮かべた。

「ルール違反、だから。貴方には秘密にしたいです」

いったい、なんの？　ルール違反という言葉を、以前にも堀から聞いたことがあるような気がした。――いや、違う。彼女は、直接その言葉を口にしたわけではなかった。僕が勝手にそんな印象を受けたのだ。あれはたしか、昨年の一一月だった。堀が学校を休んで、僕が彼女の部屋を訪ねたのだ。彼女は僕の心情を勝手に想像して、真辺に話してしまったから、そのことを後悔していた。そうだ。だから僕は、堀と真辺が似ていると感じたのだ。まったく別のようで、芯は似ている。共に、強固なルールを持っていて、それを踏み外すことを極端に嫌う。そんな風に感じた。

思い出しながら、僕は尋ねた。

「それは、魔女のルールなの？　それとも安達とのあいだに、なにか約束のようなものがあるの？」

堀は長い時間、じっと僕をみつめていた。

やがて首を振る。

「私の、個人的なルールです」

そう答えられてしまえば、僕にはもう、どんな質問も思い浮かばなかった。

＊

階段を下りながら考えた。

あのとき堀は、「貴方には秘密にしたい」と言ったのだ。彼女の言葉はいつだって、厳密に校正されている。だから「貴方には」とわざわざ限定したことの意味を考えざるを得なかった。僕ではない誰かなら堀の秘密を訊き出せるのではないかと安直に考えて、彼女と親しくなって欲しいと一〇〇万回生きた猫に頼んだ。一〇〇万回生きた猫が堀の秘密を知ったとして、それを僕まで伝える必要はない。ただ堀が秘密を共有できる誰かが、ひとりでもいれば良いと思った。きっと彼女は、強くて脆い。強くて脆い人には、となりに立つ誰かが必要だ。

堀が語ったルールと、あの「魔女」からの電話で語られた資格という言葉は、なにか関係があるのだろうか？　繋がるような気もしたが、一方で、微妙にニュアンスに齟齬がある。魔女は魔女の資格について語った。堀はあくまで、彼女自身のルールなのだと言った。魔女には資格があり、堀にはルールがある。今は素直に、そう考えておいた方がよさそうだ。

僕は支配者が堀である限り、階段島の善性を信じられる。たとえば大地にとってここは、嫌な場所にはならないはずだ。結果的に間違えてしまうことがあったとしても、堀も大地の幸せを祈っているはずだ。なら、間違えてもまたやり直すことができる。いつか正しくなるまで、繰り返し修正できる。でも安達が堀から魔女の魔法を奪い取ったとき、同じように、僕はこの島を信じられるだろうか？　僕にはまだ、安達の思惑がわからない。わからないなら、疑うところから入らざるを得ない。

――どうして安達は、真辺に接触したんだろう？

階段島と魔女の話に、真辺は関係がないはずだ。ただの住民Aでしかないはずだ。なのにふたりの接触には、妙に胸が騒いだ。彼女たちを追いかけようかと思ったけれど、階段を見下ろしてもふたりの姿はみつからない。そもそもクラスメイト同士の会話を、いつまでも阻止し続けられるはずもない。

詳しいことは、あとから真辺に訊けばいい。そう決めて、僕は当初の予定通り、郵便局へと向かうことに決めた。

階段島にはひとつだけ、小さな郵便局がある。

その郵便局は、島の東端の港に、灯台と隣接して建っている。郵便局員はひとりだけで、時任《ときとう》さんという名前の女性だ。正確な年齢は知らないけれど、二〇代の半ばから後半くらいだろうと思う。彼女は一日の半分くらいを、郵便配達のためにカブに乗って島の中を走り回って過ごす。階段島では携帯電話の電波も入らないから未だに手紙が現役なのだ。でも郵便配達は昼過ぎには終わるようで、放課後に訪ねるとたいてい彼女に会える。

午後五時三〇分、空はもう暗くなっていた。僕はとなりの、寡黙に海を照らす灯台に目を向けながら、郵便局のドアを引き開けた。

郵便局に客はいないようだ。カウンターの向こうで時任さんが、懸賞つきクロスワードパズルの雑誌を開いていた。彼女は雑誌から顔を上げて、笑う。

「おや、ナナくんじゃん。切手？」

僕は首を振る。

「いえ。ちょっと訊きたいことがあって」

「それは郵便局のお仕事に関係していることかな？」

「違います」

「そ。じゃあさ、ドアの看板、ひっくり返しといて」

僕は言われた通りに、今入ってきたばかりのドアを開けて、そこに引っ掛かっている「営業中」と書かれた看板を裏返す。裏には「準備中」と書かれている。またドアを閉めて、僕は尋ねた。

「この郵便局って、何時まで営業してるんですか？」

「規定では午後五時。でも、明かりがついてたらみんな入ってきちゃうんだよね」

「残業代は？」

「申請したら出るかもしれないけど。別に、ずっと仕事をしてるってわけでもないんだよね。これでお金もらうのは、図々しくない？」

時任さんは手にしていたクロスワードパズルの雑誌を軽く持ち上げる。

「仕事中でもさぼるときはさぼるし、時間外でも必要があれば働く。これで、私の中ではバランスが取れてる」

「鍵をかけても？」

と僕は尋ねた。

「なかなか大胆なことを言うね」

と時任さんは笑った。

拒否されたわけでもないので、僕は入り口のドアに鍵をかける。それから時任さんに向き直って、カウンターに近づく。

「安達は、ここに来ましたか？」

「何度かね。それが？」

「どんな用件でしたか？」

「君の想像通りだと思うけど」

時任さんは鉛筆を手に取り、クロスワードパズルに向き直った。

「一〇〇立方センチメートルの体積って、言い換えたらなに？　六文字だよ」

「デシリットル」

「そんなのあったっけ？」

「リットルの一〇分の一です。安達は貴女に、魔女の話を聞きに来たんですか？」

「だいたい、そんな感じだよ。じゃあさ、世界最初の国立公園は？」

「知りません。貴女と魔女の関係は？」

「友達、かな。向こうがどう思ってるか知らないけど。一文字目がイで、五文字目がス。八文字で後ろに『国立公園』がつくみたいだよ？」

「地理は全般的に弱いんですよ」

「公園の名前って、地理なの？」

「知らないけど、まあそうなんじゃないですか」

僕はカウンターに右手をついた。クロスワードパズルは嫌いじゃないけれど、時代遅れだという気もする。ネットで調べればたいていの答えはわかるのだから。なんにせよ、時任さんとパズルで遊ぶために学校から長い距離を歩いてこの郵便局まで来たわけじゃない。

「僕も、魔女の友達だと思っています」

「そ。よかったよ」

「どうして貴女は、魔女の正体を知っているんですか？」

　これまで僕が魔女宛てに出した手紙は、きちんと堀に届いていた。時任さんだけは、僕よりも先に魔女の正体を知っていた。

　彼女はクロスワードパズルから、顔を上げて首を傾げる。

「話せないよ、そんなの。とても個人的なことだもの」

「ほかに、魔女の正体を知っている人はいますか？」

「私と、ナナくんと、安達さんの他に？」

「ええ」

「どうかな。いないんじゃないかな」

「なら、僕に電話をかけてきた魔女は、貴女ですか？」

　あの電話の「魔女」は、おそらく堀が魔女だと知っている。僕は昨年の一一月――安達がこの島に現れるよりも前に、一度あの「魔女」と話をしている。時任さんのほかに該当する人物はいない。

　時任さんは笑う。それはこれまでの無邪気な笑みではない。本当に魔女のように、彼女は冷たく笑う。

「誰でもいいでしょ？　そんなの。ナナくんは本当に、そんなことが知りたいの？」

僕はしばらく、時任さんのその笑みをみつめていた。言葉に詰まっていたわけでもないし、なにか躊躇っていたわけでもない。困っていたというのが近い。今、僕自身が置かれている立場も、時任さんの立場もよくわからない。

「僕が本当に知りたいことが、わかりますか？」

「さあね。魔女の資格のこと？」

「いいえ。そんなものは、どうでもいいんです。魔女も、階段島の真実も、どうでもいいことなんです。僕はただ静かに、穏やかに生活できればそれでいいんです」

「それで、なにを知りたいの？」

答えは決まっていた。でも、それを言葉にするのが嫌だった。

今だけはほんの少し、となりに真辺由宇がいて欲しいと思う。彼女ならこんなことで躊躇いはしないだろうから。できるなら逃げ出したい質問から、彼女は決して逃げないから。

――諦めろ。

と僕は胸の中でつぶやく。なにを？　堀に対する誠意を。諦めるのは得意だ。でもそれなりに苦労して、僕は口を開く。

「堀の不幸とはなんなのか？　それを、知りたいんです」

他のことは、どうでもいい。安達が堀から魔法を奪う方法が、彼女を不幸にすることなのだとしたら、それだけは無視できない。僕がいかに無力だったとしても、無意味でも行動しないわけにはいかない。

　時任さんは言った。

「結局、君は誰の味方なの？」

　彼女は変わらず笑っていたけれど、先ほどのように冷たくは感じなかった。見慣れた、こちらをからかうような、無邪気な笑みだった。

「魔女？　マナちゃん？　それとも、もっと漠然とした正義みたいなものなの？」

　僕は意味もなく首を振る。

「それを、決めなければいけませんか？」

「わからないけどね。でも、ぎりぎりで迷っても困るでしょ？　さっさと決めちゃった方がいいんじゃないかと、私は思うけど」

「貴女は誰の味方なんですか？」

「君はすぐに、そんな風に逃げるね」

　時任さんはこの会話に興味を失った様子で、クロスワードパズルを覗き込んだ。

「私から話せることは、とくに何もないよ。これは個人的な話だから。魔女でも、マナちゃんでも、安達さんでもなくってね。あくまでナナくんの問題だから、私から話せることはない。ただ君が、ひとりで悩むしかない」

わからなかった。僕は堀の問題について話しているつもりだ。あるいは堀と、安達の問題について。それがどうして、僕の個人的な問題になるんだ。

「なにを、悩めっていうんですか？」

「そんなこと考えるまでもないでしょ。今、君が悩んでいることだよ」

生クリームを煮たもの、という意味の、イタリア発祥のお菓子は？　と時任さんは言った。

パンナコッタ、と僕は答えた。

物事の答えが、こんな風に簡単に出ればいいのに。知ってさえいれば答えがわかる問題ばかりなら、なにも難しいことなんてないのに。現実的な問題はもっと複雑で、ひとつに答えを出すたびに、自分自身が削られていくような気がする。自分の一部を、ごみ箱に放り込んでいるような気がする。また覚悟を決めて、口を開く。

「僕の優先順位は決まっています。まず、大地。次に堀。その順に大切です」

「マナちゃんは？　どうでもいいの？」

どうでもいいわけではない。もちろん。でも。

「真辺とは、いつも気が合わないんです。僕の価値観と、彼女の価値観は違いすぎるんです」

「じゃあ、君自身は？」

質問の意味がよくわからなくて、僕は「え？」と聞き返した。

あくまでクロスワードパズルをみつめたまま、時任さんは言った。

「優先順位の話だよ。ナナくんにとって、ナナくん自身はどうなの？　たとえばさ、君が味方するっていうふたりと、君の価値観がまったくすれ違ったら、どうするの？」

「僕の価値観なんて、大したものじゃないですよ。邪魔なら放り投げてしまえばいい」

「それって矛盾してない？　君の価値観と違うから、マナちゃんの優先順位は低いんでしょ？」

「いいえ。矛盾していません」

これだけは、自信を持って答えられる。

「真辺の扱いだけは、いまさら悩むようなことじゃないんです」

時任さんは眉を寄せて、鉛筆をぷらぷらと振る。

「よくわかんなくなってきたな」

「どこかで答えを間違えてるんじゃないですか？」

「クロスワードの話じゃないよ。ま、いいや」

そう言いながら、彼女はマス目を数えている。

「ともかく、私から言えるのは、これで全部。みんなナナくんの問題だから、勝手に考えてってだけ」

「冷たいな。一緒に考えてくださいよ」

「無理だよ。クロスワードじゃないんだから」

じゃあね、と時任さんは鉛筆を握ったままの手を振る。

でも、まだ帰れない。

「最後に、ひとつだけ教えてください」

「しつこいと嫌われるよ？」

「階段島が崩壊するって、どういう意味ですか？」

電話の魔女が言った言葉だ。ある少女が魔法を奪い取ることを、そう表現した。

時任さんは大げさなため息をつく。

「なにを期待してるのか知らないけどね。私は傍観者なんだよ」

それは電話の魔女の言い回しに似ている。――客席から舞台をみるように、ただ眺めていたいだけなのです。でも僕は首を振る。

「時任さんは、ただみているだけじゃないでしょう」

「どうして？」

「だって、貴女は手紙を届けます。島中を走り回って、誰かから誰かへの言葉を届ける貴女を、傍観者とは呼べません」

ようやく時任さんはまた、クロスワードパズルから顔を上げた。

「やっぱり君は、ナナくんだね」

意味がわからない。当然そうだ、としか答えようがない。

彼女は言った。

「階段島の崩壊について、具体的な内容は、私にもわからない。階段島がそのまま消えてしまうのかもしれない。もしかしたら傍目には、なにも変わらないのかもしれない。どうなるのかは魔法を奪い取った誰か次第だよ。でも、魔法があの子のものでなくなれば、確実にこの島の理想は失われる」

理想、という言葉を、胸の中で反復する。

きっとそうなのだろう。言われるまでもなくわかっていたことだ。今の階段島には哲学があり、理想がある。

「さっきのはちょっと、面白い台詞だったよ、ナナくん。だから、ヒントをあげる。この島の理想を言葉にしてごらん」

僕は考える。時任さんはじっとこちらをみている。もうクロスワードパズルには視線を落とさない。どうにか言葉をまとめて、僕は答える。

「自分自身にさえ捨てられた人たちを、優しく守ること」

時任さんは首を振る。

「それも、間違いじゃない。でも本質には足りないよ。拍手はあげられない」

「なら――」

「今日はここまで。もうお終い」

時任さんは手元の雑誌を、音をたてて閉じた。

「君がなんと言おうと、私は観客だよ。つまらなければ席を立つ権利を持ってるの。だから、今日はここまで。続きはひとりで考えて」

階段島の理想とは、なんだろう？　それを上手く言いあてられれば、時任さんはもっと具体的な話をしてくれるのかもしれない。あるいは彼女の口から聞くまでもなく、重要なことに気づけるのかもしれない。でも、それらしい言葉は出てこない。

代わりに、僕は言った。

「切手をいただけますか？　それと、レターセットも。できるだけ可愛いのがいい」

時任さんは、口元に微笑みを浮かべる。狙ってそうしたのだろう、事務的にみえる笑い方だ。

「三六二円になります」

と彼女は言った。

郵便局を出てしばらく、僕は灯台の光を見上げていた。時任さんはたしかに、僕にヒントをくれたようだ。

階段島の理想。そこに目を向けることは、きっと正しい。

僕はひとつだけ、時任さんに嘘をついた。――僕の価値観なんて、大したものじゃないですよ。邪魔なら放り投げてしまえばいい。

これは僕自身、意外なことだったけれど、僕はなかなか自分の価値観を捨てられないようだ。今もまだ臆病に悩んでいた。この見通しの悪い状況で、堀の事情にどこまで踏み込むべきなのか。本当はやっぱり、ただ傍観しているべきではないのか。堀のとなりで、意味はなくても穏やかな言葉ばかり交換していればいいのではないか。彼女の不幸だとか、安達との対立だとかを、乱暴に尋ねることに抵抗がある。

だから、時任さんの質問はとても良い。あれなら、言葉にできる。堀の深いところに繋がっているとしても、そこに踏み込みたいと思える。

僕は鞄の中の筆箱からペンを取り出し、郵便局の前に設置されたポストの上で、買ったばかりのレターセットを広げる。

封筒の宛名に「魔女様」と書いた。裏側には「七草」と書いた。そして便箋には、ほんの短い質問を書いた。

――階段島に込めた理想とはなんですか？　唐突な質問でごめんなさい。でも、もしよければ教えてください。

封を閉じて、切手を貼る。そのままポストに投函した。

堀は返事をくれるだろう。もしかしたら、質問の答えはもらえないかもしれない。それでも誠実な彼女の言葉を伝えてくれるはずだ。だから。

やっぱりこの手紙を届ける時任さんは、傍観者ではあり得ない。

＊

三月荘に戻るとすでに、夕食が始まっていた。メニューはクリームシチューと、シーチキンを使ったサラダと、ロールパンだった。クリームシチューにはさつまいもが入っている。大地の好物だからだ。

僕はハルさんに、夕食に遅れたことを謝罪した。ハルさんは「できるだけ気をつけてね」と言ったけれど、とくに事情を尋ねもしなかった。代わりに付け加えた。

「さっき、君に電話があったよ」

「誰からですか？」

「向かいの真辺さん。夕食のあとに、また電話するってさ」

わかりました、と僕は答えた。彼女にはこちらから連絡をしようと思っていたので、ちょうどいい。安達と真辺がどんな話をしたのか確認しておきたかった。それで安達の狙いもある程度みえるかもしれない。

寮の食堂に席順はないけれど、みんなたいてい同じ席に座る。僕もいつも通りに大地のとなりで、ハルさんが作ってくれたクリームシチューを食べた。大地はどうやらブロッコリーが苦手なようだった。スプーンですくったそれを、じっとみつめて、目をつぶって口の中に突っ込んだ。僕は好き嫌いがいけないことだとは思わない。その食材でしか摂れない栄養なんてまずないのだから、苦手なものの代わりに、好きな食材で不足しがちな栄養を摂る方法を学んだ方が効率的ではないかと思う。でも一方で、「好き嫌いはいけないよ」と言う大人が嫌いなわけでもない。

大地は皿の中に三つ入っていたブロッコリーをすべて口の中に詰め込み、牛乳でそれを流し込んだ。それからにたりと笑って、とっておきの、という様子で嬉しげにさつまいもを口に含んだ。「残さずに食べて偉いね」とハルさんが言う。大地は「ぜんぶ、美味しい」と答える。こんな会話が成立するのだから、やはり「好き嫌いはいけない」という主張にも価値はあるのだろう。

先に食事を終えた寮生たちが、ひとり、ふたりと席を立ち始めたころ、古風な電話の音が聞こえた。ピンク色の電話機に向かった寮生に「僕が出るよ」と伝えて、席を立つ。

受話器から聞こえてきたのは、やはり真辺の声だった。

「ナツメ荘の真辺と申します。七草くんはいますか？」

真辺に「七草くん」と呼ばれると、なんだか妙に恥ずかしいような気分になる。

「僕だよ。どうしたの？」

「訊きたいことと、相談したいことがあるの。今、大丈夫？」

「まだ食事中。短い話なら、どうぞ」

「短いか、長いかはわからないよ」

「とりあえず言ってみて」

「魔女の正体は、だれなの？」

僕はため息をついた。そんな話、手短に終わらせられるわけがないじゃないか。

「三〇分後に、寮の前で会おう。問題は？」

「ない。わかった」

それじゃあ、と告げて、僕は受話器を戻す。

どうやら真辺と安達の会話は、僕にとって平穏なものではなかったようだ。


クリームシチューとさつまいもは、たしかによく合う。どちらも甘みが優しかった。

僕は大地に、今夜の「お話」を中止したいと伝えた。彼はどちらかというと、僕と話をしなくてもいいことに安心しているようだった。やはり彼から事情を訊き出そうとするのは正しいことではないのではないか、とまた考える。僕は同じことばかりで悩んでいる。

食事を終わらせて、空になった食器をキッチンの流しに運んですぐ、僕はまたコートを着込んで寮を出た。約束の時間の五分前だった。

真辺はもうそこにいた。濃紺色のピーコートを着て、まっ白なマフラーを首に巻いていた。彼女は僕が寮のドアを開けたときにはすでに、まっすぐに僕をみていた。ドアが閉るよりも先に「こんばんは」と声が聞こえた。

僕も「こんばんは」と応える。それから「寒くない？」と尋ねてみる。真辺は首を振る。

「七草は、魔女の正体を知ってるって聞いたよ。だれ？」

僕はため息をついた。ため息は白く濁って、ゆっくり広がり、澄んだ冬の夜の空気に溶けていく。

「安達から、その話を聞いたの？」

「うん」

「僕が知らないって言ったら、君は信じる？」

「もちろん」

「なら、知らない」

これだけで話を終わらせてしまってもよかった。もう少し先まで続けようという気になったのは、真辺への誠意が理由じゃなくって、安達を警戒していたからだ。

「しばらく、知らないということにしておいて欲しい。君に話すべきだと思ったらそうするけれど、僕ひとりで簡単に決めてしまっていいことじゃないんだ。魔女はそれなりに僕を信用してくれているようだし、それを裏切りたくはないから」

「つまり魔女は、正体を隠してるってこと？」

「そりゃそうでしょ。人前には姿を現さないんだから」

「そっか。まあ、そうだよね」

真辺は右手の指先を、細い顎に当てた。

「でも、私は魔女と話をしたい。どうすればいい？」

「手紙を書けばいい」

「前に書いたことがあるよ。でも返事はもらえなかったな」

それは知らなかった。堀からも聞いていない。彼女は真辺の話題を避けたいようだから、意外でもないけれど。

「魔女と、どんな話をするつもりなの？」

「大地のことだよ。私は向こうの大地に会いたい。大地の母親にも会いたい。きっとたくさん、話さないといけないことがある」

「気持ちはわかるよ」

僕は頷く。

「でもね、現実側の僕たちは、おそらく失敗したんだろうと思う。これだけ待っても大地はまだ階段島にいるんだから、そう考えるのが自然だ」

「うん。私もそう思う」

「そして向こうの僕たちにできなかったことが、こっちの僕たちにできる理由もない」

「でも、あちらの私たちとこちらの私たちは、やっぱり別人だよね？」

「同じ人間だよ」

「元々は同じだったのかもしれないけれど、でも今はもう違うでしょ。もしかしたら、向こうにはできなかったことが、私たちにならできるかもしれないよ」

「リスクが大きすぎる。他人の家庭の事情に首を突っ込むなんてのは、簡単なことじゃない。もっと問題が大きくなる可能性がある」

「大きくなれば、ほかの人の目にも留りやすくなるよ」

「でも、大地が悲しむ。より一層悲しむ」

「うん、そうかもしれない。大地が泣くことになるかもしれない。でも泣いたあとで、もっと幸せになればいい」

この辺りまでは、だいたい想定通りだった。いかにも真辺由宇的な思考で、僕の夢の中でだってまったく同じ会話ができるだろう。

「でも、できるだけ悲しまずに幸せになれた方がいい。もっと上手くやれる人に協力してもらおうよ。僕はトクメ先生が良いと思う」

　これは、一〇〇万回生きた猫にも話したことだ。

　僕は続ける。

「大地の母親と話をするのは、子供よりも大人がいい。高校生よりも専門家がいい。僕はトクメ先生に協力してもらって、向こうにいる彼女を頼ろうと思っている。大地のことは、ひとまず僕に任せてくれないかな？」

　真辺はじっと僕をみていた。こんなとき彼女がなにを考えているのか、僕にはわからない。なにかを判断するとき、真辺はまるで感情のない、冷たい機械のようにみえる。

　やがて、彼女は頷いた。

「わかった。じゃあ、今は任せる」

「うん。ありがとう」

「でもやっぱり、魔女には会いたいよ。大地のことを別にしても、色々と話をしたいから。この島のこととか」

「島の、なにを話したいの？」

「私は、この島を好きになれない」

　きっと言葉に迷っているのだろう、真辺はきゅっと眉を寄せる。

「ここにきて、もう一〇〇日は経つよ。そのあいだずっと考えてたんだけど、やっぱり私はこの島が嫌い。魔女がここを正しいと思っているのなら、話し合いたい。今よりも良い階段島があるはずだって言いたい」

それはそうだろう、と僕は思う。

真辺由宇がこの島に、肯定的なはずがないんだ。そして、だから僕は、彼女に魔女の正体を伝えるわけにはいかない。

「わかるよ。君が、自分を捨てるなんてことを許せるはずがない」

と、僕は言った。さっさとこの話を終わらせて、次に進みたかった。

でも真辺は首を振る。

「それはそうだけど、でもいちばん嫌なのは、そんなことじゃなくって。私はこの島にある、透明な壁が許せない」

思い出す。彼女は階段島を訪れたその日にも、同じようなことを言っていた。――強制的に島に閉じ込められて、そこでの生活を強いられて。こんな環境なんだから、本来は敵がいないはずないじゃない。でもそれがぼやけてるの。

真辺は温度のない声で続ける。

「この島には、壊すべき壁がみつからない。打ち破れば外に出られる敵がいない。はじめはどうしてだか、わからなかった。でも一〇〇日もここにいたら、さすがにわかるよ。私たちは守られている。私たちを阻むものが、敵ではないから、敵を探してもみつかるはずがなかった」

「素晴らしいことじゃないか」

と僕は彼女の言葉に割り込む。

「敵がいないのは、素晴らしいことじゃないか。なにが問題なんだよ?」

真辺はまた、首を振った。

「優しく守られていることが、問題なんだよ。卵の殻はいつか破られるものでしょう? いくら外の世界が危険だからって、殻を鋼鉄で作っちゃいけないでしょう? もしも愛情だけが理由だったとしても、意思を持った人間を隔離して閉じ込めたなら、そんなことは間違っている。他人の人生を勝手に切り取って、本来よりも手前にゴールを置いてしまうのは、未来を奪うのと同じだよ」

「それを――」

君が、言うなよ。そう叫びそうになった。他人の幸福を勝手に定義づけることに躊躇いのない君が言うなと叫びそうになった。でも、飲み込む。こんな言葉は的外れだとわかっている。倫理観でもなくて、意見の正当性でもなくて、真辺由宇は彼女自身の弱さによって公平であることが担保されている。真辺は無力な高校生で、どれだけ叫ぼうが、走り回ろうが、他人の幸福を本当に決めてしまうことなんてできない。彼女の言葉はルールではない。強制力も持たない、取るに足りないひとつの意見だ。気に入らなければ聞き流してしまえる雑音みたいなものだ。でも魔女は違う。魔女の意見はそのまま、この島のルールになる。

ああやっぱり堀は可哀想だと、僕は思う。

——魔女は、幸福によって呪われています。

と、あの電話の魔女は言った。

その言葉の意味は、まだわからない。でも同じように、魔女は力によって呪われている。堀はきっと思い通りにこの島を支配できてしまう。それはなんて窮屈なことなんだろう。もしも発言のひとつで周囲の環境をすべて変えてしまえるなら、まるで今の彼女みたいに、僕だって口をつぐんで生きるだろう。

真辺はしばらく、僕の言葉を待っていた。でも僕がなにも言えないでいると、やがて口を開いた。

「きみはたぶん、魔女のことまで考えているんだね。魔女の誠意というか、優しさのようなものまで。そういうことをすぐに想像できるのは、とても素敵だと私も思う。でも、正しくはない。だって魔女もきっと、この島に満足していないから」

僕は、つい笑う。

当たり前じゃないか。魔女が満ち足りているはず、ないじゃないか。そんなのは魔女の正体が堀だと知る前からわかっていた。この島の魔女は過剰に住民に尽くしている。

尽くすことでがむしゃらに、不足を補おうとしている。たとえば心から階段島に満足していたなら、クリスマスごとに夜空に雪を舞わせるようなことはしない。優しい魔法はなんだか悲壮で、だからこそ僕には綺麗にみえる。

「僕たちの意見はいつだって、同じことで対立するみたいだね」

と僕は言った。

真辺は首を傾げる。

「同じって？」

「僕は諦めることが、必ずしも悪いことだと思ってはいない。そりゃ諦めない方がいいこともあるけれど、諦めてしまえば物事がスムーズに進むこともよくある。でも君は、誰にも、なにも諦めさせない。大地にだって、魔女にだって強くあることを強要するんだ」

真辺も、口元でほんの小さく微笑む。

「私は、きみがなにかを諦めたところなんて、ひとつも知らないけど」

そんなはずがない。ほら、この瞬間だって。真辺とこれ以上、意見を擦り合わせることを諦めた。僕は真辺の主義や主張も、魔女の感情も無視して尋ねた。

「今日、安達とはどんな話をしたの？」

「安達さんは、魔女を説得する方法を知っているって言ったよ」

説得、と僕は胸の中で反復する。なんだか危険な臭いがする言葉だ。

「彼女は、どんな風に魔女を説得するつもりなの？」

「魔女と話をできるのは、一部の人だけなんだって。中でも特別に大切な友達が魔女にはいて、その人に味方になってもらうのがいちばんだって言ってたよ」

「名前は、わかる？」

「ううん。教えてもらえなかった」

魔女の友達。堀は安達を、自分の友達だと言った。時任さんも魔女の友達だと言っていたし、僕も堀を友達と呼ぶことに抵抗はない。ほかには？　学校にも堀と親しいクラスメイトは何人かいるけれど、彼らは魔女の正体が堀だとは知らないはずだ。

僕が考え込んでいると、真辺が言った。

「安達さんが青いガラス玉のペンダントをしてるの、知ってる？」

「うん。それが？」

「島の外のきみが、安達さんに贈ったらしいよ。去年のクリスマスに。向こうの七草も私も、安達さんとは知り合いみたい」

「へぇ」

その話は、本当だろうか。どうして僕が安達にクリスマスプレゼントを贈らなければならないんだ。安達は「捨てた方」の僕たちと、どんな関係だったのだろう？

「なんにせよ安達は、向こうの僕らのことをよく知っているわけだね」

「うん。大地のことも知ってた。彼女から話を聞けば、色々と事情がわかるかもしれないよ」

気味が悪い。こちらは安達を知らないのに、安達だけがこちらを知っている。

「それから、もうひとつ」

真辺は言った。

「安達さんが、大地のために部活動を作りたいって」

「部活？」

「明日の放課後、詳しく話をするって言ってたよ」

七草も参加するよね、と彼女は首をかしげる。

僕は頷く。安達の目的は、まだわからない。だから彼女から目を離せない。

ひゅうと音をたてて風が吹いた。細かい氷の粒が混じったような、頬の表面がひりひりする風だった。三月に入っても階段島の夜はよく冷える。真辺はなびいたマフラーの位置を直して、言った。

「安達さんは、きっと優しい子なんだと思う」

それはなんだか、意外な言葉だ。

「どうして？」

「だって、言葉が優しかった」

僕には、そんな印象はない。とはいえ僕と真辺では物事の感じ方がずいぶん違う。それに安達が、真辺の前では上手く演技をしたのかもしれない。

「言葉だけで判断するのは危険だよ。本心だとは限らない。いくらでも取り繕える」

「もし本心じゃなくても、優しいことを喋れるのは、優しい視点を持ってるからだよ。優しい視点を持ってるのに、それをみんな無視できる人なんている？」

「どうかな。いても不思議じゃない」

安達の善悪を考えたことはなかった。考えてもあまり意味のないことだ。

安達は堀と対立していると仮定する。堀は善だと仮定する。なら安達が善であれ、悪であれ、答えは変わらない。善と悪の戦いでも、善と別の善の戦いでも、そこに勝ち負けがつくのであればやはり彼女は敵だ。

「なんにせよ安達は、君に協力して魔女を説得しようとしている」

「うん。手伝ってくれるって言ってた。それから大地のことも気にしてる」

「ところで君は、魔女のなにを説得するつもりなの？」

真辺がわずかに首を傾げて、「なにを？」と反復する。

「なにか気に入らないところがあって、そこを変えさせるために魔女を説得するんだろ？　なにが気に入らないの？」

今度は納得した様子で、真辺は頷く。

「私はこの島が、外と繋がっていないのが嫌なんだよ。だから、島と外とを繋げるように、魔女を説得したい」

それは以前から、彼女が主張していることだった。

でも、よくわからない。僕には上手くイメージできない。

「僕たちが、島の外に出られるようにするってこと？　でも、そんなの不可能だ。だって外にだって、僕たちはいるんだから。同じ人間がふたりになるの？」

「私にもわからないよ。魔女になにができて、なにができないのかもわからない。でも私たちの意見を、島の外に発信することはできるはずだよ。だって私もきみも、向こうの私たちに会ったんだから。まずは電話をかけるくらい簡単に、向こうの私たちと話ができるようになればいいと思う」

ただ真辺がそう言っているだけであれば、僕の知ったことではない。どうせなにもできはしないのだから、あまり無茶しすぎないように見張っているだけでいい。そんなのは僕にとってなんの苦でもない、ただの日常だ。

でも安達によって真辺が魔女と横並びになってしまうなら、違う。彼女の言葉が決定力を持ってしまうなら、別のバランスのとり方が必要になる。

「それはだめだよ。この島の在り方が、まったく変わってしまう」

「私はそれを、変えようって言ってるんだよ」

「君の言う通りになったなら、この島のみんなが、自分自身に捨てられたんだって自覚するんだよ。自分を捨てた自分に恨み言を伝える機会ができてしまうんだ。そんなの、誰も幸せにならない。島の外にいる僕たちだって、捨てた自分の声なんか、聞きたくはないはずだ」

「うん」

真辺はいつも通りのまっすぐな目で僕をみつめたまま、頷く。

「私たちが奪われたのは、それだよ。自分を捨てて進むなんて、苦しくないはずがない。自分に捨てられてもまだ同じ価値観に拘っているなんて、苦しくないはずがない。私たちは互いに苦しんでいるはずだよ。島の中も、外も、同じように。でもその苦しみを、この島の透明な壁が消してしまったんだよ。とても優しいけれど、そこを誤魔化しちゃいけない。捨てられる私と捨てる私は、痛くても真剣に争わないといけない。その痛みも、私なんだよ」

彼女の言葉に、心の底から苛立っていた。心の底からこの少女が、綺麗だと感じていた。真辺由宇はこれでいい。こんな風に僕を、苛立たせることばかり言っていてくれればいい。自分自身と争うべきだなんてことを声高に主張する、正しくあるためなら苦しみも悲しみも厭わない彼女でいてくれるなら、僕は夜空の向こうの光が届かない星を信じていられる。彼女がこのまま欠けないでいてくれるなら、僕は真辺由宇と、本心から敵対することだってできる。

真辺の扱いだけは、いまさら悩むようなことじゃないんだ。真辺由宇が真辺由宇であるのなら、他には僕が望むことなんてない。だから。

「真辺」

あんまり当たり前で、だからこれまで言葉にしなかったことを、僕は言葉にする。

「僕は君を、否定しない」

彼女は堂々と頷く。まるで人間味もないくらい表情も変えずに応える。

「うん。きみはいつだって、私が言いたいことをわかってくれる」

真辺由宇は独りきり真っ暗な宇宙を進む光みたいに気高くて、冷たくて。だから本当の意味でその隣にいるためには、温度のない覚悟がいる。

「でも僕は、君よりも魔女につく」

もちろん真辺は、わずかな抵抗もなく頷く。

「うん。きみはいつだって、まるでこの島みたいに優しい」

僕は息を吸う。深く吸って、夜の闇を考える。なんにもない、宇宙と同じ闇を。一筋の光を信仰するなら、僕はそれでなければならない。

覚悟を決めた。

結末までわかりきっている会話を、そのまま進める。

「でも、これでいいの？　僕は君の考えを、みんな肯定することもできる。いつだって君の味方でいるんだと、約束することだってできる。本当にできるんだ」

「それはとても嬉しいけれど、でも七草は、そうじゃないよ」

「じゃあ君は、僕にどうして欲しいんだろう？」

「七草でいてほしい」

彼女は口元で、少しだけ笑う。なんだか恥ずかしそうにもみえる。

「できるならきみのまま、私から目を逸らさないでいて欲しい。私の声が届くところにきみがいて、きみの声が届くところに私がいる。それが大切なんだよ。きみの本心がどれだけ私と真逆でも、それを伝えてくれるなら、私はひとつも不安じゃないよ」

僕はまだ、階段島の理想を上手く言葉にできないでいる。でも真辺由宇の理想なら知っている。ずっと昔から知っている。

安達の思惑で、この島が変わっていくなら。もしも真辺由宇と堀がその価値観や、倫理や、哲学や。これまで育ててきた人格すべてで対立するなら。遠く宇宙で輝く星の理想とごみ箱の中の理想が対立するのなら、僕が選ぶ方は決まっている。

なんて残酷な少女なんだろう。真辺由宇を信じているなら、僕は真辺由宇を否定することさえ躊躇ってはいけない。

ずいぶん話し込んだせいで、コート越しでも身体が冷えていた。真辺がほんの小さな、蝶が羽ばたくようなくしゃみをして、僕は笑う。

「今夜はこれくらいにしよう」

「うん」

「じゃあ、おやすみ」

「おやすみ」

僕とはまったく気の合わない彼女が、よく眠れますように。正反対の価値観を持つ彼女が、風邪なんかひきませんように。そう願って、僕は彼女に背を向けた。

4　真辺　三月五日（金曜日）

安達は優しい子なのだと、真辺由宇は思う。

そうでなければ、大地のために部活動を作ろうなんて考えは生まれない。彼女は目の前にいる子供に微笑みかけるだけではない。腰を据えて、それなりの労力を払って、自ら率先して彼の居場所を作ろうとしている。

だから放課後に部活動のことで話し合いたいと安達に言われたとき、真辺は迷いもなく頷いた。安達がほかに声をかけたのは、七草、水谷《みずたに》、佐々岡《ささおか》、堀の四人のようだ。教室にはその全員が残っていた。

真辺たちは、それぞれ教卓の近くの席に座る。水谷だけが黒板の前に立ち、言った。

「うちの規定では、三人から部活動を申請することができます。ただし先生のひとりに顧問を引き受けてもらう必要があります。どの先生もすでにいずれかの部活動の顧問を受け持っていますから、なかなか難しいかもしれません」

水谷はクラスの委員長もしていて、面倒見がいい。こういう場面で進行役を務めるのはたいてい彼女だ。その積極性が真辺は好きだった。

頭の後ろで手を組んだ佐々岡が応える。

「つってもさ、活動は週に一回とか、楽な部活もあるだろ。優しい先生に掛け持ちしてもらおうぜ。こっちもそんなに、がっつりやろうって話じゃないんだろ?」

彼は片耳に、いつもイヤホンをしている。どうやらゲームミュージックを流しているらしい。真辺にはあまり音楽を聴く習慣がないからよくわからないが、彼はゲームミュージックが耳元で流れていないと落ち着かないのだと言う。

「知りませんよ。私は、安達さんに協力して欲しいって言われただけだし」

ふたりはほとんど同時に、発案者である安達に目を向ける。

水谷の方が言った。

「どんな部活を作るつもりなんですか?」

安達はというと、机に片肘をついてスマートフォンを触っていた。階段島では携帯電話の電波は入らないしメッセージの送信もできないが、音楽を聴いたり、写真を撮ったり、ダウンロードしたアプリで遊んだりすることはできる。彼女はスマートフォンの画面から顔を上げて、答える。

「新聞部がいい」

新聞部？　と佐々岡が反復する。

頷いて、安達は続けた。

「ほかにやりたいことがあるなら、変えてもいいんだけどね。大事なのはひとつだけ、大地くんも参加できる内容だってことだよ。決まった時間を、あの子と一緒に過ごす。私の目的はそれだけ。でも新聞部なら調べ事をしたり、絵を描いてもらったり、大地くんとも分担がしやすいんじゃないかな？」

水谷が、軽く顔をしかめる。

「うちの学校の部活動に参加していいのは、在校生だけだということになっています」

すぐにまた、佐々岡が応える。

「でもさ、野球部は街の草野球チームと試合してるだろ。別に正式な部員じゃなくても、大地が混じっても誰も怒らねぇよ」

だが安達は首を振った。

「それじゃだめだよ。なんとか大地くんを、正式な部員にしたい」

「わからないな」

七草がじっと、安達をみつめる。彼は不機嫌そうだ、と真辺は感じた。表情は普段通りだけれど、声が少し低いような気がする。七草は続ける。

「たしかに新聞部は良いと思うよ。運動部なんかと違って歳の差がまだしも出にくいし、程よく他人とコミュニケーションを取るのも良い。勉強にもなる。でも同じことは、わざわざ部活なんて作らなくてもできる。うちの寮に集まって新聞を作ればいい」

七草とは対照的に、安達は楽しげに頷く。

「その通りだね。でもさ、大地くんと会って、ちょっと気になったんだよ。あの子、自分のことをほとんど話さないでしょ。つまり心を開いてないんだよ。たぶん、誰にも」

「大地は普通だと思うよ。とくに活発ではないけれど、消極的というのとも違う。高校生になんでも話せる小学生なんかそうはいない」

「だろうね。小学二年生なら、クラスメイトと遊んで、両親と話をして、ほかに関わる大人って言ったら学校の先生くらいで。だいたいそんなもんでしょ。でもこの島には、そういう当たり前のものがない。なら、代わりを用意するべきじゃないかな」

「つまり目にみえる形で、大地の居場所を作りたいってことかな？」

「そ」

安達は再び視線を、手元のスマートフォンに落とした。指先で画面を弾きながら、答える。

「ただ集まるんじゃなくて、もっとしっかりとした骨格を用意したい。家庭の代わりは三月荘があるよね。管理人さんもいい人みたいだし。なら必要なのは学校の代わりで、それはただ集まるだけじゃだめなんだよ。また明日、みたいな言葉がなくても明日も会うってわかりきっている、強制力がある人間関係が必要なんだよ。クラスメイトっていうのはさ、そこそこ不自由だからいいんじゃない？　なにがあっても、翌日も顔を合わせないわけにはいかない。だからケンカだって、仲直りだってできる」

真辺は昨日、同じことを安達から聞いていた。彼女の意見には全面的に賛成で、とくに発言すべきこともみつからない。七草も反対しないだろう。そう思って彼の方に視線を向けると、ほんのわずかな時間、目があった。彼はすぐに安達に向き直る。

「素晴らしいと思うよ。とても共感できる。でも、やっぱりこの学校に大地も所属できる部活動を作るっていうのは難しいかもしれない」

「かもね。でも、やってみよう」

安達はまだ、スマートフォンをにらみつけている。

「まずは私たちの要望をそのまま学校に出すべきでしょ。妥協するのは、駄目って言われてからでいいよ。大地くんのことを気にしている人は、きっと大勢いる。意外と簡単に話が通るかもしれないよ」

　七草は顎に手を当てる。どうしてだろう、真剣な表情でなにか考え込んでいる。彼がなにを考えているのか、真辺には想像できない。

　そのあいだに安達が話を進める。

「部長は私がやるよ。一応、発案者だからね。最低限、必要なのはあとふたりだ。真辺さんと堀さんには、ぜひ入部して欲しいと思ってる。水谷さんにも期待してるけど、けっこうバイト入れてるんでしょ？」

　水谷は、申し訳なさそうに頷く。

「はい。週に四日ほどはアルバイトですので、毎日参加するというわけにはには」

　七草が首を振った。

「真辺は向かない。僕と佐々岡が入るよ。大地とは同じ寮で生活しているんだ。僕たちがいた方が、彼も安心できるはずだ」

　いやオレも意外と忙しいのよ？　と佐々岡が言う。

　その言葉には触れずに、安達が答える。

「ううん。七草くんと佐々岡くんは、アドバイスをもらうために呼んだだけだよ。ふたりは三月荘にいるんだから、大地くんの家族みたいなものでしょ？　クラスメイトの代わりを作ろうって話なんだから、ふたりがこっちにまで入っちゃうとおかしなことになる。毎日父兄が参加する学校なんか嫌だよ。家族には家族の、クラスメイトにはクラスメイトの距離感を作った方がいい」

真辺は口を開く。とくに迷うようなことでもないと感じる。

「私は参加するよ。やった方がいいと思う」

大地はこの島を出るべきだが、すぐにというわけにはいかないようだ。なら一時的なものでも、この島での人間関係を強固にすることには意味があるように思う。

安達がこちらに向かって、ありがとう、と微笑む。それから目を細めて、堀をみる。

「貴女は？　なんか言ってよ」

普段通りに、堀は答えない。彼女はちらりと七草をみたようだった。

長い沈黙のあとで、安達はまたスマートフォンに視線を向けた。

「自分の意見がないの？　それとも大地くんのことなんか、どうでもいい？　心の中じゃ馬鹿馬鹿しいと思ってるの？」

堀は表情を変えなかった。代わりに、水谷が不機嫌そうに口を開く。

「彼女は喋るのが苦手なんです。本当は真面目な良い子です。貴女は転校してきたばかりだから、わからないと思いますが――」

「わかるよ」

安達はどこか機械的な、淡々とした手つきでスマートフォンを撫でながら言った。

「昔、近所に住んでたからね。友達だったたんだ」

水谷は呆気にとられたようだった。佐々岡も。ふたりは同時に、堀をみる。真辺にとっても意外な言葉ではあったが、堀よりも安達よりも、七草に気をとられていた。彼が眉間に皺を寄せている。これほど露骨に表情を変えるのは珍しい。

安達は続ける。

「堀さんはね、昔から無口な方ではあったけれど、今よりはもうちょっと自分の意見を持ってたよ。なにがあったんだろう？　甘やかされてばかりいたのかな？　黙っていれば周りの誰かが、いつも助けてくれるんだろうね」

水谷が教卓に両手をついた。鈍い音が鳴る。

「言い過ぎですよ。誰にだって、苦手なことのひとつやふたつはあります」

「ほら」

安達はまだ、つまらなそうにスマートフォンを睨んでいる。

「いつだってこんな風に、誰かが庇ってくれるわけだ。でもね、私は昔の堀さんを知ってるから、やっぱり気になるんだよ。もちろん苦手なのは仕方がない。上手く喋れないことを笑う奴は最低だよ。でもさ、会話が苦手だからって、話を振られてまったく無視っていうのも問題だよ。返事をしようとしてくれれば、私はいくらでも待つ。声が上ずっても、的外れな返事でも別にいいよ。私が問題にしているのは、結果じゃなくて姿勢だから」

彼女はふいに、こちらに顔を向けた。

「ねぇ、真辺さん。貴女ならわかってくれるよね？」

少し、迷う。安達の意見には、大枠では賛成だ。だが一方で、彼女の指摘にはいくつかの誤りがある。これまで真辺がみてきた限りにおいて、堀は自分の意見を持っていないわけではない。むしろしっかりとした考えを持っている印象がある。それに、たしかに堀は喋ることが苦手だけれど、いつもまったくの無言というわけではない。真辺は彼女と議論したことさえある。七草の話によれば、週末には友人に長い手紙を送っているようで、声を使わなくても意思の疎通を放棄しているわけではない。

それでも真辺はもう少し、堀に喋って欲しいと思う。彼女の声を聞きたいと思う。

言葉をまとめて、口を開こうとした。

でもそれより先に、七草が言った。

「堀は、答えようとしていたよ。安達の言う通り、彼女は努力していた。今のは君が、少し先走っただけだ」

安達は七草に向き直って、笑った。

「ずいぶん堀さんに詳しいみたいだね」

七草も、口元に笑みを浮かべて答える。

「君がいつ、どれだけ堀と一緒にいたのかは知らない。でもこの数か月の堀のことは、僕たちの方が詳しいんじゃないかな」

「なるほど。ところで私は、真辺さんに質問したわけだけど？」

「それは失礼したね。でも、どうしても言っておきたいことがあるんだ」

「あとにしてよ。大事な話の途中だからさ」

「いや、そうはいかない。こっちの方が本題だ」

彼は楽しげな笑みを維持していた。これもまた、不機嫌なときの七草の表情だ、と真辺は思った。なんらかの意味で、彼は安達に敵意を持っている。

ゆっくりと、はっきりと、七草は言った。

「君が作る新聞部に、大地を入れるわけにはいかない。彼の前でこんな風に、口論されると困るからね。彼にとって幸せな場所にならないのなら、意味がない」

「ずいぶん勝手な言い分だね。でもさ、貴方に大地くんのことを決める権利はないよ」

「いや、ある。君が言ったんだ。僕は大地の父兄みたいなものなんでしょ？」

七草と安達は互いに笑みを浮かべたまま向かい合っている。七草はなにかを守ろうとしているのだ、と真辺は思う。どこがどうとは言えない。でも、そういうときの彼にみえる。他のなにかを庇って、周囲の目を自分に向けさせようとしているときの。

真辺には、七草と安達、どちらかの肩を持とうという気もなかった。今ここで行われているのは健全な議論の範疇で、だからそれを推し進めるために、思った通りのことを口にした。

「それは論点がずれてない？　安達さんは、三月荘とは別の人間関係を大地に作ろうと言っているんだから。そっちにまで七草が口を出したら、前提が崩れるよ」

水谷が小さな声で、「真辺さん」とこちらの名を呼んだ。彼女も、佐々岡も、なんだか心配げな表情を浮かべている。七草が首を振った。

「君の方こそ、前提を無視している。大地を本物の小学校のクラスに入れようって話なら、クラスメイトの選り好みをするつもりはないよ。でも、僕たちは高校生で、大地は小学生だ。まったく人を選ばず今日から友達になれってわけにはいかない。僕には親の気持ちなんてわからないけどね、もし小学生の子供がいたなら、同じ歳のクラスメイトとはできるだけ仲良くして欲しいけれど、相手が高校生だったなら素性が気になるものじゃないかな」

彼の会話には特徴がある。いや、会話に限らず、思考そのものの特徴だろう。こんな風に誰かに反論するとき、七草はずっと先の会話を想定している。真辺はしばしば、何分か未来に彼がいるように感じることがある。でもその時間をひと息に跳ぶことは、真辺にはできない。愚直に目の前の言葉に反応していくしかない。彼が敷いたレールの上を走ることに、不満があるわけでもなかった。

「小学生と高校生を区別して考える必要なんて、ある？」

「もちろん、ある。知識も経験も腕力も、僕たちは大地に勝っている。どうしようもない事実として、僕たちは小学生じゃないんだ。それでもクラスメイトのように仲良くなるっていうんなら、こちらは色々なことに注意深くならなければいけない」

「それはつまり、能力の高い子と低い子は友達になれないってこと？」

「まったく違う。大地はきっと、僕よりも頭がいいよ。嘘ではなく、話しているとそう感じることがよくある。でもテストをしたとき、あるいはなにか問題があってそれを解決する方法を考えたとき、もちろん僕の方が良い結果を出せる。能力の比べ合いでさえないんだ。小学生と高校生は、別の生き物だ」

　ぱん、と音が聞こえた。どうやら安達が、手を叩いたようだ。彼女はいつの間にかスマートフォンを机に置いている。

「もういいよ。ふたりが仲良しだっていうのは、よくわかった。でもね、私が言いだしたことなんだから、七草くんに反対されたくらいじゃ、投げ出したくないな。もしも本当に貴方が大地くんのお兄さんだったとしても同じだよ。友達との関係に家族が口出しすんなって突っぱねるだけ」

　七草は頷く。

「好きにすればいい。僕も好きにするよ。安達の部活動には入るべきじゃないって説得する。どちらを選ぶのかは、大地が決めればいい」

「こっちにおいでって、手をひっぱり合うの？　なにそれ、馬鹿みたい」

「まったく。こんな下らない口論に大地を巻き込むのは馬鹿みたいだ。だから僕たちは、もう少し歩み寄るべきなんじゃないかな？」

「そうだね。具体的には？」

「君が新聞部を作るのは応援する。大地がそこに入るのも止めない。でも僕も一緒だ。言葉を選ばなければ、君を監視する。それから堀は入れない。君はなんだか、堀のことにだけは感情的になるみたいだから」

安達が、言葉を詰まらせた。

七草が本当に言いたかったのはこれなのだ、と真辺にはわかった。彼は安達と堀を近づけたくないと思っているのだろうか。どうして？

でも、彼の言葉には納得できない。真辺は言った。

「堀さんのことまで、きみが決めるのは変だよ。堀さん自身が決めることでしょ」

安達も頷いた。

「貴方が入るのは、まあいい。ちょっと意図とは違うけど、そこまで言われたら仕方ない。でも堀さんのことにまで貴方が口出しするのは、過保護だ」

安達はまっすぐに堀に向き直り、頭を下げる。

「さっきはごめんね。たしかに、言い過ぎた」

消え入るような、小さな声で、堀が「いえ」と応える。

顔を上げて、安達は笑う。

「今度は答えてくれるまで待つよ。貴女も新聞部に入る？　入らない？」

五人が堀の声に耳をすませた。七草が小さなため息をついたのが、真辺にはわかった。

長い長い沈黙のあとで、堀は口元にきゅっと力を入れて、答える。

「私も、入ります」

水谷と佐々岡が、同時に音をたてて息を吐き出した。

安達は満足げに笑って、頷く。

「七草くんも、これで文句はないね？」

彼はもうしばらくじっと、安達をみつめていた。きっとなにかを迷っている。なにを？　真辺は考える。でもわからない。真辺の価値観において、安達の言動は不誠実なものではない。

七草はようやく答えた。

「大枠では、文句はない。できるだけ手を貸すよ。まずは僕が顧問を引き受けてくれる先生を探して、大地も部活動に入れる方法を考えてみる。任せてくれるかな？」

「もちろん。七草くんが積極的で嬉しいよ。貴方のことは信頼しているから」

「ありがとう。一歩目でちょっともめたけど、大地の居心地の良い場所を作っていこう」

「私としては、もめたつもりはないけどね」

話はまとまったようだが、真辺はひっかかりを覚えていた。七草のことだ。彼がなにに拘っていたのか、まだわからない。

――いや、そんなことは、後でいい。

真辺は意識を切り替える。今、まず考えなければならないのは、新聞部のことだ。そこが大地にとって、最適な場所にならなければならない。

安達が言った。

「ところで、部長としてひとつだけ要望があるんだけど、いいかな？」

七草は頷く。

「もちろん。なに？」

「この部活は、できるだけ毎日、活動したいな。学校の代わりを作ろうって話なんだから、そうしないと意味がない」

「うん。僕もその方が良いと思う」

「それからもうひとつ」

「ひとつだけじゃなかったの？」

「部長としての要望は、さっきので終わりだよ。次は個人的なこと」

「なるほど。どうぞ」

「つき合ってよ、七草くん」

誰かが「え」とつぶやいた。それが誰だったのか、真辺にはわからなかった。真辺はじっと七草をみつめる。彼はわかりやすく、顔をしかめていた。

「意味がわからない」

「そのまんまだよ。いいなと思ってたんだ。クールでミステリアスだし、なのに優しそうだしさ。もしかして、告白は手紙の方がよかった？」

「せめてふたりきりがよかったな」

彼は顎に手を当てて、真剣な表情で考え込んでいた。将棋やチェスで意外な手を打たれたといった風な様子だった。ゆっくりとした口調で、彼は答える。

「なんにせよ僕は君のことをほとんどなにも知らないから、今日から恋人だってわけにはいかないよ」

「なるほどね。じゃ、これからじっくりお互いのことを理解していこう。部活で頻繁に顔を合わせるんだしね」

あくまで笑みを浮かべたまま、安達は席から立ち上がる。机の上のスマートフォンをつかんで、ポケットに突っ込んだ。

「みんな、付き合ってくれてありがとね。それじゃ、七草くん、あとはよろしく」

彼女はそのまま、教室の出口に向かおうとしたようだった。でも、ふと思い当たったように堀のとなりで足を止める。

「堀さん」

安達は堀の顔をまっすぐに見下ろして、言った。

「貴女よりも、私の方が幸せ」

堀はその鋭い目つきで睨むように安達を見上げて、答えた。

「いえ。私の方が、幸せです」

そのやり取りの意味が、真辺にはわからなかった。

安達はため息のように「そ」とつぶやき、肩をすくめる。それから手を振って、足音を立てて教室を横断し、ドアを開けて、廊下に出た。

ドアが閉ってから、佐々岡がひゅう、と口笛を吹く。彼を水谷が睨んだ。

真辺は「新聞部の活動内容のことなんだけど」と、次の話題を切り出した。

＊

真辺はいくつか議題を出してみたけれど、周囲の反応は芳しくなかった。水谷や佐々岡は安達の告白のことが気になっているようで、堀はいつも通りになにも喋らず、七草はまだ少し不機嫌そうだった。

「今日はここまでにしよう。部のことは学校と話し合ってみないとわからないし、記事の内容は大地や安達がいないところでは決められないよ」

と彼は言った。水谷や佐々岡が賛成して、それで解散になった。

教室を出た七草は、顧問の先生を探すため、職員室に向かうようだ。他の三人とは別れて、真辺も七草のとなりを歩く。

彼は顧問のことを、トクメ先生に頼むつもりらしい。トクメ先生は真辺たちのクラスの担任だし、七草は大地のことで彼女に協力してもらおうと考えていたからちょうどよいのだろう。トクメ先生は職員室にいた。いちばん奥の、彼女のデスクに座っていた。

七草はトクメ先生に、「新聞部を作りたいんです」と説明する。彼は要点をまとめるのが上手い。短い言葉で活動目的や安達の狙い、大地のことを伝える。

七草が説明を終えると、トクメ先生は白い仮面を人差し指の先でとん、とんと叩いて、頷く。

「なるほど。素晴らしい考えですね」

彼女の仮面は、顔の上半分を覆うものだ。口元は露出しているから、少し笑ったのがわかった。七草の方もほほ笑んで答える。

「ええ。僕も大枠では、安達に賛成です。だからぜひ、先生に顧問を引き受けていただきたいんです」

「わかりました。私は手芸部の顧問もしていますが、それほど頻繁に活動しているわけではありません。折り合いはつくでしょう」

真辺はトクメ先生が、手芸部の顧問だということを知らなかった。思えば部活動というものに興味を持ったことがない。この島に来る前からずっとだ。

「ですが、問題もあります」

と、トクメ先生は続ける。

「うちの生徒ではない少年を、学校の部活動に加えることはできません。ルールで決まっています。たとえば学外にクラブを作るのを、私がお手伝いする形ではいかがですか？」

真辺はほとんど意識もせずに、口を開く。

「それでは意味がありません」

トクメ先生の表情はよくわからないが、どうやら驚いたようだった。

「なぜですか？」

真辺は自分自身の感情を補足するように、言葉を選んで答える。

「意味がないというのは、言い過ぎました。ごめんなさい。でも安達さんは、大地のために、できるだけ学校に近い環境を作りたいのだと言っていました。先生がいて、生徒がいて、その中のひとりに大地が入っていることが重要です」

トクメ先生は、小さなため息をつく。

「言いたいことはわかりますが、ルールはルールです」

「ならルールを変えましょう」

「ずいぶん簡単に言いますね」

「それほど、難しいことだとは思えません」

そもそも大地の存在が例外なのだ。大地が現れるまで、この島には中学生以上の人しかいなかったと聞いている。例外が生まれたのだから、それに対応できるようにルールの方を変えるのが当然だ。

トクメ先生が口を開くよりも先に、七草が言った。

「ルールって誰が決めたんですか？」

先生の白い仮面が、七草の方を向く。

「誰、とは？」

「そのままですよ。部活動の規定に限らず、ここの校則は、誰が決めたんですか？」

「それは――」

トクメ先生が、言葉を詰まらせる。

思えば真辺にも、よくわからなかった。この学校は、どんな成り立ちでできたのだろう？　普通、公立の学校であれば国や県や市などが作るわけだし、私立もまず「作ろう」とした人物がいるはずだ。かつて階段島にやってきた誰かの手によって、学校は作られたのだろうか。それともやはり魔女の意思によるものなのだろうか。

七草が微笑む。

「不思議な名前ですよね。柏原第二高校って」

そうだ。真辺も以前から、不思議だった。階段島には、たったひとつの学校しかない。その中に、中等部と高等部が入っている。なのに校門には「柏原第二高等学校」と看板が出ている。なぜ第二なのだろう？　なぜ中等部については、触れられていないのだろう？

なんだか困った風に、トクメ先生は言った。

「誰が作ったものであれ、どんな成り立ちで生まれたものであれ、ルールはルールです。簡単に変えることはできません」

それは違う、と真辺は言おうとした。

ルールが神さまであってはならない。だってルールは、ルール自体の正しさを保証しない。人間はときに間違ったルールを作るし、状況次第でかつて有用だったものが足を引っ張ることもある。ルールは守るべきものだが、それは常に評価され、必要に応じて修正される、淀んでいないルールに限られる。引き出しの奥の書類や生徒手帳を読み上げるよりも前に、現実をみて物事を判断しなければおかしなことになる。

そんなことを言葉にしようとしたが、真辺よりも先に、七草が言った。

「簡単ではなかったとしても、必要であれば苦労して変えましょう」

彼の言い回しの方が適切だ、と真辺は感じる。違うと言い切るよりもずっと視点がフェアだし、今、この場で持つべき意思に即している。やはり七草は速く進む。しばしば、置いていかれそうになる。

「学外にクラブを作ることと、この学校に例外を認めていただくこと。どちらも考えてみたいと思います。それでは、月曜日に」

そう続けて、七草は頭を下げた。


帰り道では、新聞部の活動内容について話し合った。

やはり大地が島の人たちと触れ合える記事がよいだろう。なら階段島の人々の仕事について調べてみるのがいいかもしれない。でも大人と話すのはハードルが高いだろうか？　なら初めは学校のことを記事にしてもいい。おすすめの本の書評を載せるコーナーを用意すれば国語の勉強になるし、島の生き物を調査すれば理科の勉強にもなる。そういうことを話した。

「どれも良いと思うよ」

と七草は言った。

「そもそも、新聞部というのが良い。大地のための部活動として最適だ。テーマの選び方次第で様々なジャンルの学習をフォローできる」

「うん。部員みんなでひとつの紙面を作り上げるのだから、集団作業も学べる」

彼は笑う。

「君には集団作業って言葉がまったく似合わないね」

「そう？」

自覚がなかったから、真辺は胸の中で「集団作業」と反復してみる。似合う、似合わないの判断はつかないけれど、好きな言葉ではある。真辺は割り振られた作業を黙々とこなすことを好む。

「だいたい上手くやってきたつもりだけど」

「真面目ではあるよ。でも、意思の疎通が上手くはない」

「そうかも」

こちらが言いたいことを、なかなか伝えられなくて困ることがよくある。語彙が少ないのかもしれないし、言葉の選び方が下手なのかもしれない。でも、どちらも自覚がなかったから、そのまま尋ねてみる。

「私の日本語って、へんかな？」

「そんなことはないと思うけど、どうして？」

「だって、言いたいことを上手く伝えられないのは、言葉に問題があるからでしょ？」

「君は一歩目から間違えているね」

なるほど。よくあることだ。問題の袋小路に入ってしまったときには、そこに辿り着く前の道のりから考え直さなければならない。

「どう間違えてるの？」

「会話っていうのは、なにを言うのかだけが重要なわけじゃない。本当に大切なのは、なにを言わないでいるのかだ」

「でも、言葉にしないと伝えようもないよ」

「伝えるべき言葉を推敲しないといけないってことだよ。君が言ったことを、相手がどう受け取るのかまで考えて、不必要な言葉は省かないといけない。もしすべてを見通す神さまが名言集を作ったなら、その大半は白紙なんじゃないかと僕は思う」

「白紙ばかりだと、どこを読んでいいのかわからないよ」

「ただまっ白を眺めていればいい。ああ、白って綺麗だなと思っていればいい」

真辺は少し、不機嫌になった。

「きみは時々、とても難しいことを言う」

こちらが上手く受け取れないとわかっていて、わざと難しい表現をするのだ。白はたしかに綺麗な色だが、そればかりだと飽きてしまう。

「簡単な話だと思うけど。へんにわかった気にならないのは、君の美徳のひとつだね」

よくわからなかったが、褒められたようなので嬉しくはある。でもよくわからないままだと気持ちが悪いので、もうしばらく白紙ばかりの名言集について考えていた。それから堀のことを思い浮かべた。彼女との会話には多分に白紙が含まれる。もしかしたら七草は、堀の話をしているのかもしれない。でもやっぱり、彼女はもう少し話すことに積極的になって欲しい。真辺はもっと、堀と会話をしたかった。

なんとなく答えが出て、真辺は言った。

「私は、名言集なんかいらない。普通の言葉がたくさんあればいいよ」

「たしかに、その通りかもね」

七草が優しく微笑む。

「でも、それは論点が違う」

本当に難しい。真辺は顔をしかめる。

やがてふたりは長い階段を下り、寮の前に到着した。七草はじゃあねと手を振って、三月荘に入っていこうとした。真辺は彼の名前を呼んだ。

「七草」

彼が振り返る。眉毛を持ち上げて、「なに？」と応える。

真辺自身、どうして彼の名前を呼んだのか、よくわからなかった。いつの間にかそうしていた。なにか言うべきことがあるような気がしたが、続く言葉が思い浮かばなくて、考え込んでしまう。七草は不思議そうに首を傾げた。

「どうしたの？」

本当に、どうしたのだろう？　これまで言いたいことを、上手く言葉にできなかったことなら何度もある。でも、なにを言いたいのかわからないことなんてなかった。言葉にならなくてもその原型はいつだって胸の中心にあったし、言葉とは別の方法で、駆け出したり、泣き叫んだり、手を握ることでそれを外に発信することができた。どれほど的外れでも、言葉足らずでも、とにかく形にして出力できた。

なのに今は、なにもわからない。どうして彼の名前を呼んだのかわからなくて、また「七草」と繰り返す。それからふと思い当たった。

――私は彼に、告白するつもりなのではないか？

まったく突拍子もないひらめきだったが、一方で、多少の説得力も感じる。私は七草を失いたくはないのではないか。安達の告白を聞いて驚いて、私自身もそうしようという気になったのではないか。一度思いついてみるとそれしかないという気がした。真辺は自身の言葉に身を委ねる。神さまの名言集が白紙ばかりだとしても、とにかく言葉にしてみなければ始まらないのだ。でも口から出たのは、真辺自身、想像もしていなかった言葉だった。

「七草は、なにを捨てたのかな」

どうして今、こんな話を始めるのだろう？

真辺にもわからない。わからないまま、続ける。

「私は、堀さんは、安達さんはなにを捨てたのかな。向こうにいる私たちが持っていなくて、こっちにいる私たちが持っているものはなんなのかな。魔女は捨てられた私たちを集めて、いったいなにがしたいのかな」

これは私の言葉ではない、と真辺は感じる。いや、もちろん私の言葉だ。でも違う。本当に言いたいことではない。むき出しの自分に届いていない。もっと、もっと。本心はまだ奥にある。言葉が出てこなくて胸が痛い。本能が理性にせき止められている。真辺はじっと七草の瞳をみつめる。彼も真剣な表情でこちらをみている。わけもなく涙がにじむ。空気がなくなったように呼吸が止まる。苦しくて口を開いた。一緒に言葉が漏れる。

「きみを拾ったのは、私なのかもしれない」

ああ、これだ。

ようやく、わかった。

――やっぱりこれは、告白と同じようなものだ。

でも少しだけ違う。彼に言いたかったことを理解して、真辺由宇は笑う。

「もちろん私は魔女じゃないし、魔法も使えないよ。でも、七草。最初に捨てられたきみを拾ったのは、私なのかもしれない」

七草はなんだか呆気に取られた様子で、ぼんやりこちらをみていた。

「どういうこと?」

もう本能と理性は、同じ方を向いている。自信を持って、真辺は答える。

「初めて会ったときから、私は七草をみていたんだよ。ずっとってわけじゃないけれど、でも長いあいだ、きみをみていた。七草。きみは——」

ふいに、言葉が消えた。

言うべきことはわかっているのに。あとは声にするだけなのに、それが消えた。今度こそ本当に空気がなくなったのだと思った。音が伝達されない。いや、違う。消えたのは真辺の周囲ではない。その変化は真辺の中で起こった。大切な言葉が消えて、ぽっかりと空白ができている。どうして? やがて視界も白く染まり、自分自身さえなくなって、真辺は崩れ落ちる。

すぐそこで、こちらの名前を呼ぶ七草の声が聞こえた。

＊

目を覚ましたとき、真辺がいたのはナツメ荘の一室だった。自分の部屋ではない。コートを着たままベッドに横たわっていた。七草が真辺の顔を覗き込む。

「大丈夫？」

真辺は頷く。

身体に違和感はない。気分が悪いということもない。ただ、状況がよくわからなくて、少し混乱する。

「ここは？」

「君の寮の、管理人さんの部屋だよ」

「どうして、七草がいるの？」

「君は寮の前で倒れたんだ。だから管理人さんと一緒に、ここに運んだ。管理人さんは今、診療所に連絡している」

倒れた？　実感がわかない。体調は良好だ。朝、目を覚ますのとなにも違いがない。でも記憶が断絶していて、そのことが気持ち悪い。七草と一緒に学校を出て、階段を下った辺りから思い出せない。

七草の顔つきが心配げで、申し訳なくなる。

「私は大丈夫だよ」

真辺はベッドの上で身体を起こそうとする。七草の手が、真辺の肩を抑えた。

「それは君が判断することじゃない。もうすぐお医者さんが来てくれるよ。はっきりとしたことがわかるまで、横になっていた方がいい」

彼が言う通りに、真辺はまたベッドに身体を横たえた。なにが起こったのだろう？　持病はないはずだ。これまで、気を失った経験もない。こんな風に記憶が飛ぶのは、強いて言うなら階段島にやってきた直後に似ている。

真剣な表情で、七草がこちらをみつめていた。

「君は僕に、なにか言おうとしたんだ。覚えている？」

「白紙の名言集の話？」

「違う。そのあとだよ。最初に捨てられた僕を拾ったのは君かもしれない、と言った。僕にはその意味がわからなかった。君はその先を続けようとして、倒れた」

わからない。思い出せない。しばらく考えて、首を振る。

「少し、考えさせて。思い出せるかもしれない」

七草の方も首を振った。

「いや、いいよ。気にしないで。今は楽にしていて」

管理人さんと話をしてくるよ、と言って、彼は部屋を出た。

5 七草 三月六日（土曜日）

学校から長い階段を下った先の、寮が何軒も立ち並ぶ区画は学生街と呼ばれる。学生街には「バネの上」という名前のカフェがある。由来は一目瞭然で、入口に幅の狭い、銀色のバネみたいな螺旋階段があるからだ。一階はおそらくオーナーの居住スペースで、二階がカフェになっている。正面からみるとそれほど大きな建物にはみえないが、意外に奥行きがあり、中はそれなりに広い。

土曜日の午後一時、バネの上で僕は安達に会う約束をしていた。土曜日は港に通販の荷物が届く日で、大勢がそちらに向かうから学生街の方は人が少なくなる。今日も席は半分ほどしか埋まっていない。だからこの店を選んだのだけど、もう少し騒がしい場所の方が、話はしやすかったかもしれない。

僕は時間ちょうどにバネの上に入った。店のいちばん奥の、窓際の席に座った。安達は五分ほど遅れてやってきた。ランチを食べようという約束だったから、それぞれパスタのセットを注文する。僕はオーソドックスなミートソースとホットコーヒーを、安達はチキンのジェノベーゼとホットココアを選んだ。

店員が立ち去ってから、僕は言った。

「壊すために人間関係を作ろうっていうのは、ちょっとやりすぎじゃないかな」

安達は頬杖をついて、スマートフォンを片手に笑う。

「そんなつもりはないよ。私は、欲しいものを手に入れようとしているだけ」

「いったい、なにが欲しいんだろう？」

「この島かな」

「つまり、魔女の資格」

「だいたいそういうことになるね」

安達は苦手だ。彼女と話していると、電波をジャックされたみたいに、いつも意識の片隅にノイズがかかる。僕自身の思考とは違った声が入ってくる。

「わからないな。君がなにを欲しがっていてもいいけれど、わざわざ僕にそんなことを話す理由がわからない」

「会話にいちいち、理由が必要？」

「だいたいはいらない。食事の感想だとか、新作ゲームの情報だとか、手袋が濡れてしまったときの愚痴だとか。日常会話であれば、秘密なんかいらない。でもこれは違う。もっと繊細な話題だ」

「貴方に喋って、困ることなんかなにもないよ」

「僕は、君よりは堀につく」

「貴方がそんなことを、わざわざ私に言う理由もないよね」

安達は楽しげに、こちらの顔をみつめている。彼女の素顔をみたことはまだ一度もないのだと僕は思う。安達は丁寧に演技を続けている。得体のしれない、魔女の敵という演技を。

それは嘘ではないのかもしれない。彼女の正体はこれまでの印象の通り、堀の不穏な敵なのかもしれない。でも、たとえ目にみえるすべてが真実だったとしても、演技であることに変わりはない。言葉も態度も表情も、意図的に選び抜かれている。化学反応の実験みたいに、僕に情報を与えて、僕の反応を観察して、望む通りの結果に導こうとしている。だから彼女の言葉を聞くと、僕の思考にノイズがかかる。安達は言った。

「たぶん私は、貴方に似ているんでしょうね。にによっては、そっくりなんだと思う。だから、ねぇ、七草くん。どうしようもなく似ているから、きっと私たちはお互いが大嫌いなんでしょうね」

つい、僕は笑う。

「昨日は告白してくれたのに」

「もちろん大好きだよ。大嫌いで、大好きなんだよ。私たちはいつだってそうでしょ？どうしても許せないような相手しか、本当は好きにはなれないんだよ」

「それは僕の考えとは違う」

「本当に？　なら、貴方の考えってのを聞かせてよ」

「話したくないな」

愛は好奇心では読み解けないのだと、一〇〇万回生きた猫は言った。まったくその通りなのだと思う。嫌いな理由ならいくつでも並べられるけれど、好きな理由を言葉になんかしたくない。説明も、定義づけも必要ない。なにもかもが蛇足でしかない。

「だいたい君が僕のことを、それほど詳しく知っているはずがないんだ。まだ知り合ってそれほど時間が経っていない」

「かもね。でも貴方が思っているよりは、貴方のことに詳しいよ」

「どうして？」

「この島にくる前に、向こうでも貴方に会ったから。真辺さんや大地くんにもね。だから貴方が私を知らなくても、私は貴方を知っている」

それは僕じゃない。僕を捨てた僕は、やはり別人だろう。

「向こうにいる僕たちの話を聞かせてよ」

「もちろん、いいよ。なにを話せばいいの？」

安達に訊きたいのは、ひとつだけだ。

「あっちの僕たちは、この島にいる大地をどうするつもりなの？」

先月、大地を山頂へと続く長い階段まで連れていった。堀にそうして欲しいと頼まれたのだ。向こうの僕たちが動いて、いよいよ大地が現実に帰れるのかと、多少は期待をした。でもそうはならなかった。大地はまた、階段を下りてきた。

安達は首を傾げる。

「自分たちの手でどうこうするのは、諦めたんじゃないかな。貴方だって他人の家庭の問題に、簡単には手出しできないことはわかってるでしょ？」

「そりゃ、まあね」

「向こうの貴方も真辺さんも、大地くんのことを見捨てたわけじゃないよ。自分たちの立場や力に合った方法を選んだだけ。大地くんの友達になって、日常を少しでもよくして、母親の問題を解決できなくてもそれを乗り越える手助けをしようとしているんだよ。向こうの貴方たちは、大地くんの敵を倒せなくても、あの子を優しく守っている。そういうやり方が間違っていると思う？」

「いや。思わない」

僕は首を振った。それから安達の瞳を、まっすぐにみつめた。

「でもそれは、真辺由宇のやり方じゃない」

正しいとか、間違っているとか、そんな話じゃない。今、安達が言ったような方法なら、僕にだって思いつく。僕だってそうしようと主張できる。ならそんなことになんの価値があるっていうんだ。

「よくわかったよ。やっぱり僕が信じる真辺は、もうこの島にしかいない」

「そ。でも、私は向こうの貴方たちも気に入ってるよ。無理に騒ぎまわって問題を大きくするよりよほど良い。常識的で好感が持てる」

「まったくその通りだね。もし真辺以外の誰かが同じようにしていたなら、僕にだってなんの不満もない」

「貴方、真辺さんをなんだと思ってるの？」

「ヒーロー」

つい、僕は笑う。おそらく苦笑いに近い表情だっただろうが、それでも自然に笑みを浮かべる。これはついさっき否定した、好きなものの理由を並べるような話だ。

「真辺は弱い。その辺りの高校生と同じだけの力しか持っていない。そこそこ勉強はできるけれど飛び抜けて頭が良いわけでもないし、すぐに視界が狭くなるし、判断を間違えることだってよくある。たくさんのお金を持っているわけでも、我儘を通せる高い地位についているわけでも、優秀な仲間がいるわけでもない。でも、それを自覚している。なにも持ってないことを自覚しているのに、理想的な結果を目指して傍迷惑に突き進むことができる。それしかできない。大地に敵がいるのだとしたら、迷いもなく立ち向かうのが真辺だよ」

安達は、つまらなそうに頬杖をつく。

「なんだか、ヒーローっていうよりトラブルメーカーって感じだね。できもしないことをやろうとして、それで失敗するくらいなら、なんにもしない方がずっとましだよ。実力が伴わない行動は、みんな悪でしょ」

安達の言葉に苛立ちはしなかった。まったくその通りだとさえ思った。たしかに彼女の考え方は、僕に似ているようだ。

でも、少なくともひとつ、僕たちは決定的に違っている。

「その先に足を踏み出すのが、僕にとってのヒーローだ」

たとえば目の前に悪者がいたとして、勝てるから戦うのはヒーローじゃない。間違いなく善人ではあるけれど、僕がこの世界でいちばん美しいと思うものではない。

「相手がどれだけ強くても、自分がどれだけ弱くても、それでも戦う。だから尊い」

安達は呆れた様子で首を振った。

「話にならないね。結果が伴わない行動に、なんの意味があるっていうの？」

「意味なんてない。本当に、結果が伴わないなら」

でも、違う。まったく太刀打ちできなかったとしても、どれだけこっぴどく叩きつぶされたとしても、そこにはなんらかの結果が残る。

「真辺には、目的は達成できない。彼女の高い目標が綺麗に叶うことなんてまずありえない。それでも結果は残る。失敗だって結果だ。そして、自分のために無残に負けた人が目の前にいることが場合によっては救いになる」

「ずいぶんポジティブな考え方だね」

「どうかな」

僕はまた苦笑する。これはネガティブな話なのだと、僕は思う。だって真辺の理想が本当に現実になるなんて、信じられたことは一度もないのだから。彼女は失敗する。きっといずれ乗り越えられない壁にぶつかって、そこから先に進めなくなる。でも僕が信じる真辺であれば、なにもできはしないのに、そこでもがき続ける。欠けて、ぼろぼろになって、なのに夢をみたままあがく。

彼女のそんな姿をみたくはなかった。彼女の、そんな姿をみたかった。どちらも本心だ。僕は真辺が苦しみ、悲しんでいるのが嫌だ。でも、それでも諦めない彼女が、この世界でいちばん美しい。僕は真辺の理想には共感できないけれど、彼女の姿勢を愛している。

僕と安達はしばらく、互いを見つめ合っていた。僕たちは本当によく似ているようで、彼女の感情がはっきりわかった。この答えのでない、どこにも繋がらない会話に、僕たちは飽きている。

なんだか馬鹿らしくてため息をついた、ちょうどそのタイミングで店員がパスタセットを運んできた。僕の前にミートソースのスパゲティが、安達の前にはチキンのジェノベーゼが置かれる。それぞれサラダとスープと小さなパンがついている。安達は飾りのように手にしていたスマートフォンをテーブルに置いて、フォークを握る。

「貴方のヒーローの話、共感できなくはないよ。私はそんなにも極端な価値観は持っていないけどね」

彼女との会話がこれからどちらに進んでいくのか、必死に想像しながら僕は答える。

「君の方が極端じゃないかな。少なくとも僕は、魔女になりたいとは思わない」

安達は笑う。

「そりゃそうだよ。魔女は生まれたときから魔女だからね」

「君も？」

「もちろん」

「じゃあ魔法が遣えるの？」

「まだ遣えない。その資格を奪い取らないといけない」

「よくわからないな。魔女って、いったいなんなの？」

「悪役だよ」

彼女はフォークを使い、スパゲティに交じった鮮やかに赤いトマトを弾き、皿の片端に寄せていく。

「貴方と同じように、魔女は人間の子供だけど、でも生まれたときから魔女であることが決まっている。初め、魔女は魔法を遣えない。別の魔女から奪い取る必要がある。上手く奪い取れたなら、魔女はふたつの魔法を遣えるようになる。ひとつ目は、自分の世界を創る魔法。ふたつ目は、自分の世界になんでも奪ってくる魔法。魔女にとって、魔法と自分の世界はほぼ同義で、そこにいる限りなんだってできる。空も飛べるし猫とも話せる。風邪をひきたくなければひかなくてもいいし、歳をとりたくなければとらなくてもいい。でも魔女には、ひとつだけ強固な呪いがかかっている」

「幸福であること」

と、僕は言った。

安達はスパゲティのトマトを選り分けると、次に、セットのサラダにフォークを伸ばす。そこにも載っていたトマトと、それからキュウリを端に避けながら、彼女は頷く。

「魔女は別の魔女に不幸を証明されたとき、その魔法を失う」

彼女の話は、もちろん説得力のあるものではなかった。一方で、安達はおそらく真実を語っているのだろうという気もした。これまで堀やあの電話の魔女から聞いた話と、安達の言葉は矛盾しない。昨日の安達の行動も、それを前提としていたように思う。

「だから君は、堀を不幸にしたくて、彼女の人間関係をかき乱そうとしている」

「違うよ」

安達は首を振る。

「私は彼女を不幸にしたいわけじゃない。そんな必要もない。今だってもう、充分に不幸なんだから。貴方だってすぐに、そのことに気づくよ」

彼女の声が、これまでとは違って聞こえた。僕の思考にノイズをかける声ではなかった。ほんの少しだけ、安達の素顔がみえた気がした。それさえも演技なのだろうか。

僕はどうしようもなくて、彼女の素顔を追いかけて、尋ねる。

「どうして？　君が現れるまで、堀の生活は平穏なものだった」

「そんなわけないでしょ。魔女は魔法で自分の世界を創る。この島が、あの子の魔法そのものなんだ。こんなにも気持ちの悪い島しか作れない魔女が、幸せなわけがない」

「どこが気持ち悪いっていうんだ」

「考えてみてよ。すぐにわかる」

僕は意図して、顔をしかめる。

ささやかでも安達の本心を探して、彼女の手元をみつめる。

「トマトとキュウリが嫌いなの？」

安達はつまらなそうに、ちらりとこちらをみた。

「ナスも嫌いだし、ニンジンも嫌いだよ。エビもタコもイカも嫌い。砂糖を入れた紅茶もウィスキーボンボンもケーキの上に載っているサンタクロースも、飾られた花もレースのカーテンも妙に赤っぽい色の蛍光灯も嫌い」

「嫌いなものが、ずいぶんたくさんある」

「まだまだあるよ。好きなもののほかは、みんな嫌い。みんな嫌いで、どうでもいい。でも本当に嫌いなものは少ししかない。私が大嫌いで大好きなのはね、七草くん。貴方のほかには、もうふたつかみっつくらいだよ」

僕はグラスの水に口をつける。

「君は僕を、どうしたいんだ？」

それがいちばん、わからない。

「正直な話をするよ。僕は今日、ここに来れば、君に説得されるものだと思っていた。君は僕をほとんど確実に操れるだけの情報を持っていて、だから魔女のことや君自身がしようとしていることを隠さずに話してくれるのだと思っていた。でも君はなかなか決定的なことを口にしない。とどめを刺すなら、さっさとそうしてくれないかな？」

安達の言葉は糸のように手足に絡みつく。そしてこちらの選択が操られる。上手く情報を与えて、あるいは制限して、僕の最適解と安達の目的が同じところに落とし込まれていく。たとえば、新聞部のこともそうだ。あの部活動の裏側に、安達の個人的な意図が隠れているのは間違いないだろう。でも彼女が用意したレールは、大枠では僕の価値観に沿って伸びていて、簡単には反論させてもらえない。

「貴方は根本的に間違えている。私は七草くんの敵じゃないよ」

安達は少しうつむいていた。それはスパゲティをフォークに巻きつけていたからだったが、表情を隠しているようにみえなくもなかった。

「まるで、私と戦っているようなつもりでいるんでしょ？　でも違う。本当の敵は、堀さんなんだよ」

なんだか頭が痛くて、僕は額を押さえた。

安達が言いたいことは、半分くらい理解できる。僕に情報を秘匿しているのは堀だ。僕と堀が完全に手を取り合っていられたなら、こんな風に、安達とふたりきりで話をする必要もなかった。でも、半分は理解できない。

「堀は、敵ではないよ。対立してもいない。ただ彼女にも事情があるというだけだ」

「あの子を信頼するのは、もちろん七草くんの自由だよ。でも、考えてみて。この島にいる以上、私たちはあの子のルールに従わざるを得ない。だからすべては話せないんだ。こうして、ふたりきりで向かい合っていても、私は言いたいことをたくさん飲み込んでいる。その気になればあの子は、私から言葉だって、記憶だって奪えてしまう。これは伝言ゲームなんだよ。私は不自由な言葉で、本当に言いたいことを言えないまま、必死にそれを伝えようとしている。七草くんはきっと、必死にそれを読み取ろうとしてくれている。そして、邪魔をしているのが堀さんだ。今この場で、私と七草くんが仲間で、堀さんが敵なんだよ」

僕は額を押さえたまま、昨日の真辺のことを思い出す。彼女はなにかを言おうとして、ふいに言葉を失った。その場で倒れ、目覚めたときにはもうなにを言おうとしていたのか覚えていなかった。

――あれはたしかに、魔法のような出来事だった。

でも、なぜ？　真辺が堀のルールに抵触したから？　安達は僕に、そのルールを伝えようとしているのだろうか。だとしたら堀が、まだ安達から言葉を奪わない理由はなんだ？　安達は明らかに、喋りすぎに聞こえる。ここまでは許容される理由があるのか？

堀は彼女自身のルールによって僕に秘密を作った。だとしたら、昨日真辺が言おうとしたことは堀の秘密に関係している？　真辺が知っていて、僕は知らない堀の秘密。そんなものがあり得るだろうか？　真辺は堀とそれほど親しいわけではないはずだ。そして堀の方は、これまで真辺を避けているような印象だった。

思考がまとまらない。僕は意識を切り替える。

――安達の目的を、思い出せ。

彼女は堀から魔法を奪い取るつもりでいる。そのためには、堀が不幸だと証明する必要がある。だから安達は堀のルールをかいくぐって、僕になんらかの真相を伝えようとしている。堀の秘密とルールは密接に関係している。つまり僕がそれを知ることが、堀の不幸の証明に繋がる？

だとすればこれ以上、思考すべきじゃない。

僕はやっぱり、堀の秘密に近づいてはならない。

スパゲティを食べていた安達が、顔を上げて笑う。彼女はフォークを置き、首から下げていたペンダントを外す。卵のような形の、ガラスでできたペンダントだ。

それをこちらの目の前に差し出して、言った。

「これ、向こうで貴方に買ってもらったんだ。すごく気に入っているんだよ。夜空みたいに綺麗でしょ？」

ペンダントは色むらのある深い青で、のぞき込むと中にはいくつもの小さな気泡が入っている。たしかに宇宙みたいな、群青色の夜空みたいな色だ。

安達の指先が、その卵形の夜空をつかむ。くるりとねじり、裏側を僕にみせた。そこには、修正液を使ったのだろうか、白い染料で簡単なイラストが描かれている。見覚えがある。星と銃を組み合わせた、子供じみたイラストだった。

思わず、息を吐き出す。ピストルスター、と、胸の中で愛する星の名前をつぶやく。

安達の言動は的確に、僕の思考を支配する。きっと彼女の想定通りに、ひとつの仮定が浮かび上がる。

ただの仮定だ。でも、様々なピースを繋げる仮定だった。堀の秘密も。彼女の不幸も。いったい誰がどんな風に、その不幸を証明するのかも。

——ああ、やっぱり。

僕は目を閉じて、息を吐き出す。

——堀は僕の、敵ではない。

なのに。僕は彼女の、敵になり得る。

＊

毎週、土曜の夜には堀に会う。

足音を忍ばせもしないけれど、誰にも気づかれずに寮を出る。コートの前のボタンをいちばん上まで留めて、白い息を吐きながら海辺の小さな階段を目指す。

今夜はそこに、堀はいないのではないかという気がしていた。もう彼女は、僕に会ってくれないのではないか。そしてその予感は当たった。

そこにいたのは堀ではなかった。一台のタクシーが停まっていた。緑色のボディに、オレンジ色のラインが入ったタクシーだった。僕が近づくと、自動的にドアが開く。

運転席に座っているのは、野中《のなか》さんという名前の、眼鏡をかけた男性だ。色が白く、シャンパングラスみたいに痩せている。歳はおそらく二〇代の後半といったところだろう。彼は言った。

「どちらに向かいますか？」

低い、小さな声だ。でも静かな夜には、彼の声をかき消すものはなにもない。

僕は首を傾げる。

「どこにも行くつもりはありません。海をみに来たんです」

「ではどうして、タクシーを呼んだのでしょう？」

「呼んだ？　僕がですか？」

「はい。たしかに、貴方からご予約のお電話をいただきました」

もちろん僕に、そんな電話をかけた記憶はない。おおよそ事情がわかって、僕はタクシーに乗り込む。ドアが閉った。

「どちらに向かいますか？」

「では、遺失物係までお願いします」

遺失物係というのは、島の東側の港にある灯台を指す。階段島の住民は「失くしたなにか」をみつけると、この島を出られると言われている。そして失くしものは、遺失物係が管理しているとされる。

タクシーが走り出す。

「失くしものがみつかりましたか？」

と野中さんは言った。

同じことを、以前尋ねられたことがある。そのときはこう答えた。「初めから、答えはわかっていました」。嘘をついたつもりはないけれど、今は違うのだとわかる。

「いいえ、みつかりません。失くしたのはずいぶん前のことだし、まだ探し始めてもいないんです」

タクシーは夜の海辺を走る。

僕は窓の外の景色を眺めていた。薄い雲が繭みたいに覆う夜だった。せめて星が輝いていればよかったのに、なんの救いもない空だ。でもそれは当たり前だという気もした。今夜に、救いなんてものがあるはずがないのだ。苦痛の定義のような夜だ。

これから起こることを考えて、僕はため息をつく。音をたてないように注意したつもりだったけれど、それが聞こえたようで野中さんが言う。

「お疲れですか？」

「どうでしょう。少しだけ、疲れているかもしれません」

「よろしければ、お話をお聞きします」

「ありがとうございます。でも、とくに話したいことはないんです」

「承知いたしました」

野中さんは、あとは黙り込んで、ゆっくりとタクシーを走らせる。この島にはほんの少しだけしか車がない。道路には制限速度も書かれていない。階段島に法律を当てはめるのは難しいけれど、通っている道はすべて私道に当たるのだろう。タクシーは海辺を離れ、緩やかなカーブを描いて田園の中をつっきる道に入る。

「代わりに、野中さんの話を聞かせていただけませんか？」

と僕は言ってみる。

野中さんはルームミラー越しに僕をみる。

「なにをお話しいたしましょう？」

「野中さんは、なにか後悔していることがありますか？」

「それは、もちろんあります。いくつもあります」

「ひとつだけでいいから、教えていただけませんか？」

彼はしばらく黙り込んでいた。信号もない道だ。聞こえるのはタクシーのエンジンが立てる、低く均等な音だけだった。

「まだ私がタクシーの運転手を始めたばかりのころです。もちろん、この島にくる前のことです」

「はい」

「たしかあれは、一二月でした。今夜と同じように寒い夜だったと記憶しています。ちょうど電車の最終が到着する時間で、私は駅に向かってタクシーを走らせていました。その途中、あるご婦人が手を上げられているのをみつけました。五〇代から六〇代といったところでしょうか。背の低い、白髪の混じったご婦人でした。暗い道の電灯の下で、ひとりきりでいらっしゃいました。私は少し迷って、タクシーを停めました」

「なんだか少し、気味が悪いですからね」

「そういった理由ではありません。駅には大勢のお客様がいらっしゃることが無線でわかっていましたし、正直に申し上げまして、そのご婦人はあまり裕福なようにはみえませんでした。髪は乱れていて、寒い夜にコートなども着ておらず、表情はなんだか強張っておりました。お客様を選り好みするのはいけないと思いながらも、私は多少の不審を覚えていました」

「でも、タクシーを停めたんですね？」

「それはもちろんです。ドアを開けますと、そのご婦人が、こうおっしゃいました。

——日本のお金は持っていないけれど、別のもので支払わせてくれませんか？」

「異国の方だったんですか？」

「確認したわけではありませんが、おそらく違うでしょう。その女性が差し出したのは、なにか記念に作られたものでしょうか、古いテレホンカードの束でした」

僕は窓の外ばかりみていたから、野中さんの表情はみえなかった。前を向いてルームミラーを覗き込めば、彼の顔がわかっただろうか。でもそうする気にはなれなかった。

「申し訳ありませんが、そういったものでのお支払いは受け付けておりません、と私は答えました。ご婦人はすぐに引き下がりました。私は彼女を残してドアを閉め、タクシーを走らせました」

「規定通りの行動をしたわけですね」

「ええ。もちろん。私は初め、その女性に苛立ってさえいました。なんて非常識なことを言うのだろう、と思っていたのです。経験のないことでしたから、少し混乱していたのかもしれません」

僕は頷く。

「よくわかります。でも、今は後悔しているんですか?」

「ご婦人は本当に申し訳なさそうに、テレホンカードを差し出されました。悲しげな声で、苦しげな表情でした。あの方にはそうしなければならない事情があったのです。お金を持っていなくても、あの寒い夜にタクシーを停めてどこかに向かわなければならない理由があったのです。運賃は私が立て替えてもよかった。あのテレホンカードを私が買い取って、そのお金でお支払いをしていただいてもよかった。でも私は咄嗟には、そんなことも想像できなかったのです」

僕にはなにも言えなかった。こちらから聞きたいと言ったのに、黙り込んで、冷え切った窓に額を押しつけていた。

「つまらない話でしたね。申し訳ありません」

「いいえ」

僕は言葉を探す。

「なんだかとても、勉強になりました」

それに共感もしていた。ほんの少しの想像力が、上手く働かないことがある。混乱していて意味のない感情に囚われることがある。優しさというのは感情よりも、理性から生まれることの方が多いのだと思う。

やがて海辺の灯台の前で、タクシーが停まる。

「ありがとうございました」

僕は初乗り運賃のままの料金を支払って、タクシーを下りた。

灯台は壁も扉も白く塗られている。木製の扉には真鍮製の小さなプレートが取りつけられていて、そこには『遺失物係』と書かれている。

この扉は大抵いつも、内側から鍵がかかっている。でも、今日は違った。ノブをつかんで引けば、それはなんの抵抗もなく開いた。灯台の中は暗い。夜の闇が明るく感じるほどに暗い。僕はその暗闇の中に足を踏み込む。

正面に螺旋階段があるのが、扉から射し込む微かな光でわかった。僕は手で手すりを、足で段を探り、慎重にそこを上る。階段は木製で、小さな軋みを上げた。暗闇の中ではもう、自分がどれだけ上ったのかもよくわからなかった。ずいぶん長い階段のように感じた。それはおそらく、物理的な距離ではないのだろう。

やがて、手すりが途切れる。上の階に到着したようだ。前方の扉の隙間から一筋の光が漏れていて、それで壁に沿って弧を描く通路があるのだとわかった。

僕は壁に手をついて、暗闇の中を進む。

扉を手の甲で叩くと、高く乾いた音がした。灯台の中で、その音が過剰に反響する。

「どうぞ」

と中から、声が聞こえた。

僕は扉を引き開ける。部屋の奥の机に、ランプがひとつ置かれているようだ。その光で目が痛い。ランプの手前には木製の椅子があり、ひとりの少年が座っている。

「呼び出して悪かったね」

「いや。別にいい」

「こちらから会いに行ってもよかったんだけど、僕たちがふたりでいるところを人にみられたくなかったんだ」

「わかるよ。そんなの、僕だって嫌だ」

「もちろん堀に頼めば人払いもできるけど、彼女は落ち込んでいてね。あまり雑用を頼みたくないんだよ」

「うん。僕らのために、彼女に手間をかけることはない」

話しているあいだに、ランプの明かりに目が慣れた。

机の先、正面の壁には子供っぽいイラストが大きく描かれていた。星とピストルを組み合わせたイラストだった。なんだか誇らしげでさえある。自分たちのチームの旗を掲げているように。そのピストルと星が、ランプの明かりに合わせて揺らめいている。

少年の顔は、逆光になってよくみえない。みるまでもない。僕は彼に尋ねる。

「君のことは、なんて呼べばいい？」

「名前なんかいらないだろ。ここにはふたりきりしかいない」

「あるいは、ひとりきりしかいない」

「それは違う。やっぱり、君と僕は別の人間だよ」

そこにいるのは、僕だ。

三人目の僕だということもできる。あるいは、ひとり目の僕だということもできる。僕は去年の夏に、この階段島にやってきた七草だ。現実にもひとり、七草がいる。そして今、目の前にもうひとり。

目の前の僕は言った。

「ずっと昔に捨てた自分に会うのは、どんな気分なんだ？」

僕は答える。

「不思議と、罪悪感はないものだね。正直なところ、少し怖い。僕は君を捨てたときのことを忘れてしまっているみたいでね。君がどんな僕なのかわからない」

「ああ、罪悪感はいらない。そんなもの迷惑だ。僕は望んでここにきたんだからね。ずいぶん前のことだから、忘れてしまうのも仕方がない。できれば思い出して欲しいとは思っているけれどね。それはそうと――」

彼は、かすかに笑ったようだった。

「おかしいな。もう少し、驚いてもいいんじゃないか？」

まさか。

「先にネタばらしされていたよ。だから、気味が悪いだけだ」

階段島に七草はふたりいる。僕は二度魔女に会い、二度僕を捨てたのだろう。だからそれぞれの七草がいる。

「ネタばらし？」

彼は首を傾げる。

「海辺にタクシーを呼んだことかな？」

「あれが、最後のひとつだね」

でもヒントはずいぶん前からちりばめられていた。

たとえば去年の一一月に僕は、山際の配電塔でそこを管理する男性に出会い、ピストルと星の落書きをみせてもらった。七、八年前、島にいた少年にプレゼントされたものだという話だった。少年がそのまま成長していたなら、だいたい僕と同じ歳になる。そしてピストルスターは、ずっと前から僕にとって特別な星だった。

その落書きをみせてもらった前後――ちょうど真辺がこの島にやってきたころから、堀に多少の違和感を覚えるようになった。堀は真辺のことに関しては、普段よりもいくらか感情的になる。はじめはふたりの考えが合わないだけだろうと思っていた。でも去年のクリスマスに、堀への違和感はより大きくなった。

彼女は僕に、自分が魔女だということまで教えてくれたのだ。いったい、どうしてだろう？　女の子が知らないうちに心を開いてくれるというのは、正直なところ納得がいかない話だった。堀を疑っていたわけじゃない。でも彼女の言動には、僕が知らない理由があるはずだと思っていた。

そして、安達が現れた。彼女は僕に、ペンダントをみせた。まるで夜空みたいな群青色のペンダントに、ピストルスターが描かれていた。あのときに僕は配電塔でみた落書きを思い出した。それですべてが繋がった。

階段島に、僕がふたりいる。僕ではない僕が何年も前からこの島で生活していて、きっと長い時間をかけて堀の信頼を手に入れた。安達はきっと、そちらの僕を狙って、僕に近づいた。

今夜、海辺で起こったことは答え合わせみたいなものだ。野中さんは僕に呼ばれたのだと言った。でも僕は彼を呼んだ覚えなんてなかった。ならこの島には、もうひとりの僕がいる。そして以前捨てたものは、遺失物係で管理されている。

僕は尋ねる。

「みんな、安達の計画通りなんだろうね。そのことを君はどう思ってるんだ？」

彼は答える。

「さあね。好きにさせておけばいい」

「ずいぶんな余裕だ」

「そうでもない。でも僕からみると、本当に怖いのは安達じゃない」

「なら、誰だ？」

「真辺由宇。いや、彼女に出会った君か。あるいは僕自身か」

彼が怖れていることには想像がつく。でも、僕の考えとはずれている。

「君を拾うつもりはないよ」

捨てた方の僕は、捨てられた方の彼を拾う権利を持っているはずだ。その気になれば僕は、彼を消し去ってしまえる。きっと堀は悲しむだろう。あるいはそれで、彼女の不幸が証明されるのかもしれない。なら僕は、そんなことをするつもりはない。でも。

「もし僕が君を拾うとしたら、その原因は安達くらいしか考えられない」

安達は明らかに、彼の存在を僕に伝えようとしていた。ならこれはみんな、彼女が用意した計画なのかもしれない。方法は想像もつかないけれど、僕に彼を拾わせて、堀の不幸を生み出そうとしているのかもしれない。

彼が首を傾げる。

「君はまだ、状況を理解していないみたいだね」

その通りなのだろう。何年も前からこの島にいて、きっと堀の近くで生活してきた彼は、僕よりもずっと正確に現状を理解しているのだろう。

「なら説明して欲しいね。状況ってのはなんだ？」

彼はしばらく考え込む。手のひらの底を顎に当てている。彼がなにを考えているのか僕にはわからない。それは当然のことなのだという気もする。彼は真辺由宇ではなく堀と過ごした僕だ。僕はその反対だ。人格も、理想も、星空の意味も違う。

やがて彼は口を開く。

「安達は君によく似ているな。でも、まったく同じではない」

僕はため息をつく。ずいぶん話が跳ぶものだ。

「そんなことはどうでもいい。要点を話せよ」

「これが要点なんだ」

彼は笑う。よく性質のわからない笑みだ。見慣れた僕の顔だというのに、楽しいのか、悲しいのかも読み解けない。

「たとえ話はいらない」

「君は、黒だ」

「まあ聞けよ。安達も黒。でも真逆の黒だ。君はいちばん脆い黒で、安達はいちばん強固な黒だ」

「黒に種類があるのか?」

「そりゃあるだろ。なんにだって種類はある」

脆い黒と、強固な黒。

「じゃあ、君は?」

と僕は尋ねる。

「僕はもう、黒じゃない」

と彼は答える。

「いつかは僕も、脆い黒だった。でも、今はそうじゃない」

気持ちの悪いことだ。僕には、僕の言葉の意味がわからない。

脆い黒とはいったい、なにを指している?

「もう少し、はっきり説明できないのか?」

「できるかもしれない。でも、したくはないな」

「じゃあなんのために僕を呼んだんだ?」

「用はもう終わってるよ」

彼は椅子から立ち上がり、奥の壁に描かれたピストルと星の絵に向き直る。こちらに背を向けたまま、言った。

「堀がルールを破った」

ルール。また、ルール。

「堀のルールっていうのは、彼女と君とのあいだで交わされていたわけか」

「そう考えてもらっていい」

「どんな風に、彼女はルールを破ったんだ？」

「考えろよ。わかるだろ、僕なんだから」

もちろん、推測はできる。

「昨日の、真辺のことか？」

彼女はふいに倒れて、記憶を失った。あんなことができるのは魔女くらいだ。堀の仕業だろうと予想はついていた。

「真辺さんは、面白いね。君が興味を持つのもよくわかる」

「どうルール違反だったんだ？」

「詳しくは説明しない。隠す気もないけど、面倒だ」

「なら、僕が解説しよう」

はっきりとはわからないけど、放ってもおけない。

堀のルールについては散々考えたんだ。

「彼女がルール違反だと語ったことがある。安達の思惑を尋ねたときだった」

——ルール違反、だから。貴方には秘密にしたいです。

と、堀は言った。

「たぶん堀は、『自分で自分を捨てること』に関して、僕たちには伝えないと決めているんじゃないかな。安達の思惑を説明すると、君のことにも触れないわけにはいかなかった。でも堀は自分の口から、僕が捨てた僕がこの島にいることを喋れなかった」

「外れてはいないね」

「つまり僕たちは、辛い真実から守られている。でも一方で、魔女は僕たちの階段島内での自由を保障している。この島から出ることは許されないけれど、ここでなにをしようが、どう振る舞おうが、制限はかけない」

昨年の一一月、僕は魔女と取り引きしたくて、島の秘密に繋がる落書きを描いた。堀であればあの落書きをなかったことにするのも、僕から記憶を消すのも簡単だったはずだ。でも彼女はそれを、放置した。

彼は頷く。

「良い感じだよ。当たっている」

これでふたつのルールがわかる。

ひとつ目。魔女は自分から、階段島の真実を公開しない。

ふたつ目。それでも魔女は、島の住民たちが、自分たちで真実に気づくことを制限しない。

堀は僕たちを守りながらも、自由を保障している。共に、階段島で暮らす人々への愛情を感じる。なら彼女が犯したルール違反も明白だ。

「でも堀は、真辺のことでだけルールを守れなかった。真辺は自力でなにかに気づいたのに、堀は拒絶してしまった。だから真辺は記憶を奪われ、そして堀は自分のしたことでひどく落ち込んでいる」

「その通り。あのときどうして堀がルールを破ったのかも、わかるね？」

もちろん、想像できる。

「真辺は君のことを伝えようとしたんだろう。この島にもうひとりの僕がいることは知らなくても、僕がその可能性に思い当たるような話をしようとした」

意識を失う直前、真辺は言った。

——最初に捨てられたきみを拾ったのは、私なのかもしれない。

あのとき真辺はきっと、僕がもう何年も前に捨てた僕について、語ろうとした。

「でも堀にとって、君だけは特別だった。堀は君を失いたくなかった。だから、僕が君を知ることを強く怖れた」

彼は首を振る。

こちらを振り向いて、言った。

「違う。君はまだ堀を理解していない」

「どう違うんだ？」

「彼女自身のためじゃない。あの子は君のためだけに、真辺さんから言葉を奪った」

「僕のため？」

「考えてみろよ。君が僕のことを知るのは、当たり前に悲劇だ」

言われて、ようやく気づいた。

捨てられた側に苦しみがあるように、捨てた側にも苦しみはある。もし階段島の住人が、自分自身によって捨てられたのだと知ったなら、それはもちろん悲しいだろう。捨てた方の自分を恨みもするだろう。この島にいる自分が被害者で、現実にいる自分が加害者だと考えるだろう。

なのに、この島にいる自分まで過去に自分自身を捨てていたのだとわかれば、ただ悲しみ、恨むこともできない。被害者だと思っていたのに、加害者に置き換えられる。それはいっそう悲しく、いっそう苦しい。

ルールに従えば、堀はその悲劇を見過ごさなければならなかった。でも彼女にはそれができなかった。過保護な考えではある。でもいかにもあの無口な魔女らしい話だ。彼女は情報がどれだけ人を傷つけるのか知っている。

彼は口元で、仄かにほほ笑んでみせる。冷たい笑い方だと感じた。

「堀がルールに違反した。約束していてね。そんなとき、僕は彼女を叱る役なんだ」

「だから、僕をここに呼んだのか？」

「うん。堀が秘密にしたかったことを、さっさとばらしてしまうことにした」

なるほど。たしかにもう、堀がルールを破る理由はない。

「話は終わりだ。帰っていいよ」

と彼は言う。僕の神経を逆なでする声だった。

「わざわざ呼びつけておいて、それはないだろ？　君のことを知らせたいだけなら、電話か手紙をくれればよかった」

「ちょっとした好奇心でね。自分の顔をみてみたかった。やっぱり七年も別々の暮らしをすると、多少は育ち方も違うようだ」

たしかに、僕と彼は少し外見が違う。

いちばんわかりやすいのは髪の長さだ。向こうの方が短い。体型はほとんどかわらないが、目つきや表情はずいぶん違うような気がする。少なくとも、以前会った現実の僕とは違う。あのときの僕の方が僕に似ていた。

なんにせよ、このまま帰るつもりはない。

「みっつ、質問に答えてくれ」

と僕は言う。

「ひとつだけ答えてやるよ」

と彼は答える。

訊きたいことのひとつ目は、安達の思惑だった。ふたつ目はかつて僕が、なにを捨てたのかということだった。でも僕は、どちらも尋ねなかった。もっとも重要なひとつを選ぶ。

「君にとって、堀とはなんだ?」

ためらいもなく、彼は答える。

「彼女は僕のピストルスターだ。今にも壊れそうで悲しくなる。でも、なによりも価値のあるものだ」

僕は息を吐き出す。なら、仕方がない。

彼は、やっぱり僕だ。なにもかもが違ったとしても、ひとつだけ同じ僕だ。

堀のルール違反を咎めるために僕をここに呼びつけた、その乱暴なやり方にも納得がいく。彼は堀の理想を愛し続けるだろう。あらゆる方法でそれを守ろうとするだろう。

堀を裏切っても、堀と敵対することを選んでも、堀をどれだけ苦しめても。この僕は彼女の理想を優先するだろう。なら、僕にはなにも言えない。僕も同じだ。もしも真辺由宇が彼女自身を裏切ったなら、もっとも効率的な方法でそれを攻撃する。

「よくわかったよ、おやすみ」

と僕は言う。

「なかなか楽しかったよ、おやすみ」

と彼は答える。

もうひとりの僕がなにを選んだとしても、僕にとってのピストルスターは、全天にただひとつだけしかない。きっと彼も同じように。僕とは別のものを、同じ方法で信仰しているのだろう。

＊

日曜の朝にはいつも、堀からの手紙が届く。

長い手紙だ。誤解で誰も傷つけないために注釈でいっぱいの、誠実で心地のよい手紙だ。これまでは、そうだった。

でも三月七日の朝に届いた手紙はずいぶん様子が違っていた。封筒を手に取るだけでわかった。それは親指が裏側にある人差し指の体温を感じるくらいの、薄っぺらな手紙だった。

僕は慎重に封を切る。味気ない、白い便箋が一枚だけ入っていた。その大方が白紙のままだった。文面はただの一行だけだ。罫線の上から五行目に書かれていた。

どうやらそれは、堀からの手紙というよりは、魔女からの手紙のようだ。

僕は魔女に、こんな質問を送っていた。

――階段島に込めた理想とはなんですか？

彼女はそれに答えてくれたのだ。たった一行で。注釈もなく。どちらかというと気弱にみえる文字だけど、おそらくは確信を持って。

――なにも捨てないことです。

たしかにこの言葉は、一行だけでいい。だって注釈は、島中に溢れている。

言われてみれば、当たり前だという気がした。

階段島は捨てられた人たちの島だ。まるでごみ箱の中みたいな場所だ。魔女はそこを優しく守っている。捨てられた人格たちを、もう傷つかないよう丁寧に守っている。

なら、ここにある理想は、たった一行ですべて示されている。

二話、空白の色

I　七草　三月八日（月曜日）

「彼女はなかなか、面白い文章を書くね」

と一〇〇万回生きた猫は言った。

「情景描写が美しいとか、言い回しがユニークだとか、比喩表現が巧みだとか、そういうことじゃない。文体はしっかり論理的なのに、内容は感覚的で、温かい文章を書く。冬の終わりの日向みたいな文章だ。気に入ったよ」

彼はいつものようにトマトジュースを飲みながら、珍しくほほ笑んでいた。

「それはよかった」

と僕は答えた。

堀《ほり》の手紙の話だ。一〇〇万回生きた猫はさっそく堀に手紙を送り、その返事をもらったようだった。

「君は彼女に、どんな手紙を書いたの？」

「嘘偽りなく、そのままを書いたよ。貴女の友達になりたいんです。理由は七草《ななくさ》という少年に頼まれたからです。七草は貴女が秘密を持っていると考えていて、それをオレに探らせたがっています。こういう風に書いた」

「ひどい手紙だ」

「まったく。なのに律儀に返事がきた」

一〇〇万回生きた猫に手紙を出してもらったのは、彼なら「堀の秘密」を訊き出すことができるのではないか、と期待していたからだ。今となってはもう、その必要はなくなった。とはいえふたりが手紙のやりとりをすることは無意味じゃない。彼らが友人になってくれたら、僕は嬉しい。

「彼女の返事は、どんな内容だったの？」

「オレに届いた手紙を読みたいかい？」

「興味はあるよ。読ませてくれるのか？」

「そんなわけがないだろう」

当たり前だ。もしも一〇〇万回生きた猫が、自分に宛てられた手紙を人に読ませることに抵抗がないような人間だったなら、僕は彼を堀に近づけたいとは思わなかった。

「知りたいなら、彼女に訊けばいい。オレが書いた手紙のことはオレに訊く。彼女が書いた手紙のことは彼女に訊く。それがまっとうなやり方だ」

まったくその通りだ。でも。

「堀は今日、学校を休んでいるんだ」

「そうかい。体調が悪いのかな？」

「先生は風邪だと言っていたな」

でもこの島にいる限り、魔女は風邪をひかない。もっと感情的な理由だろう。あの優しい魔女はすぐに落ち込んでしまうのだ。

「彼女のお見舞いに行ってみたらどうかな？」

と僕は言ってみる。

一〇〇万回生きた猫は首を振る。

「オレは、そういうのは苦手だ。君がいけばいい」

「残念だけど、今日は別の用事があるんだ」

「ああ、そうだったね」

それに、と僕は内心でつけ加える。

きっと僕にはもう、堀を上手く励ますことができない。昨日までなら多少なりとも可能性があったかもしれない。でも、もうだめだ。

僕や、灯台の彼のようではない。理想ではなくひとりの女の子として彼女に接する誰かが必要なのだ。

「堀とは、仲良くなれそう？」

　と、僕は尋ねる。

　一〇〇万回生きた猫はトマトジュースに口をつけて苦笑する。

「どうかな。手紙を一通もらっただけじゃ、よくわからない。悪い印象はない。でも彼女は猫を求めていないんじゃないかって気がするよ」

「そう？　堀には猫が似合いそうだけどな」

　一〇〇万回生きた猫は首を傾げる。

「君は猫を、どう定義している？」

　猫を定義づけしたことはない。哺乳類の一種で、代表的なペットというくらいの印象しかない。僕は思うがままに印象を並べてみる。

「小さくて、可愛い。気まぐれで、ミステリアス。縄張り意識が強い。鋭い爪と繊細なひげを持っている。高いところに上るのが得意。瞳の形がくるくると変わる」

「間違ってはいない」

　彼は頷いて、言った。

「でもオレが猫を定義するなら、もう少し違った表現になる。君は優しい終身の独裁者という言葉を知っているかな？」

「いや」

僕は胸の中で反復してみる。優しい終身の独裁者。なかなか素敵だけど、少し悲しくも聞こえる。

「オレもそれほど詳しいわけじゃないけどね、コンピュータ関連の言葉だったと思う。オープンソースのソフトウェアを開発するコミュニティで、そのリーダーが優しい終身の独裁者と呼ばれることがある。つまり意見が対立して議論になったとき、最終的な決定権を持つ人物、というわけだ」

なるほど、と僕は頷く。

「とても納得できるし、あまり猫の仕事だとは思えないな」

「もちろん猫に、オープンソースソフトウェアのことはわからない。リーダーシップもありはしない。でもね、猫に与えられた役割というのは、つまりそれなんだよ。人は優しい独裁者を求めている。そして猫は生まれながらにして独裁者だ」

わからないでもない。猫を飼う人の多くは、まるで猫に仕えているようだ。ただ可愛いだけの非力な生き物に支配されることを喜んでいるようだ。

一〇〇万回生きた猫は屋上の手すりに背中を預けて、顎を上げた。空を見上げたというよりは背筋を伸ばすような動作で、その姿は不思議と猫を連想させた。

「オレにだって生存本能があるからね。猫を求めている人間は、なんとなくわかる。君は猫を求めている。でも、彼女は違う」

それはそうだろう、と僕は思う。

だって、優しい終身の独裁者という言葉でまず連想したのは、階段島《かいだんとう》の魔女のことだった。この島において魔女は独裁者でいることが義務づけられている。

「それでも、君と彼女はきっと仲良くなれるよ」

と僕は言ってみる。

空を見上げたまま、一〇〇万回生きた猫は笑う。

「どうかな。なんにせよ彼女の手紙はなかなか素敵だったから、返事を書いてみるよ」

そろそろ時間じゃないか？　と彼は言う。

僕は腕時計に視線を落とす。もうすぐ午後五時になる。

「そうだね。じゃ、さよなら」

「さよなら」

僕は歩き出す。月曜日には職員会議があり、その会議は五時に終わると聞いている。

今日はトクメ先生を、大地《だいち》に引き合わせる予定だ。

＊

今朝、新聞部発足のための企画書を提出した。

目的や活動内容や運営していく上でのルールなんかを適当にでっちあげ、備考に大地を加えたい旨を書き足した。報道という中立的な視点が必要とされる立場で自分たちの生活をみつめ直し、また年少者を加えることで子供から大人へと成長する過渡期である私たちがより一層の責任を自覚することを目的とします。対外的な取材が主になりますので、特に規律が重んじられる必要があるため、学内の部活動という形で先生方にご指導していただきたいと考えています——みたいなことをつらつらと書いた。

いちばんの難点はもちろん、この学校の生徒ではない大地を部員に加えることだった。でもそれは僕の知らないところで解決していた。校則には「部に所属できるのは本校の在学生に限る」と明記されているのだけれど、これが「本校の在学生および将来的に入学の予定がある者」に書き換わることになったらしい。トクメ先生は、詳しくは語らなかったが、魔女がなんらかの方法で手を回したのだろう。

これは充分に予想できたことだった。こうなるしかないとさえ思っていた。でも一方で、疑問がひとつもないわけではない。

堀は、安達《あだち》に協力している。ほとんど全面的に彼女の言い分を採用している。でも大きな枠でみれば、堀と安達が敵対し合っていることは間違いないはずだ。今回の新聞部の設立も、安達にとっては堀への攻撃のひとつなのだろうと思う。具体的な方法はわからないが、安達は堀を追い込む舞台を着実に整えつつある。

内心で僕は舌打ちする。

——新聞部というのが、よくない。

堀は魔女としての隠し事を、いくつも持っているだろうから。安達は新聞部を使い、それを暴き立てようとするのではないか、と僕は予想している。もちろん堀が本当に隠そうとしたことなら、僕たちに知る術はないだろう。だがこれまでの推移を考えると、堀は自分自身のルールに縛られているから、安達の思惑を防げないでいる。そしてもうひとりの僕は、堀にルールを守ることを強いている。

できるなら僕は、新聞部は避けたかった。もっと平穏な部活動を提案したかった。でも安達は自分に都合の良いように論点を作るのが上手い。目的を「大地のため」という言葉でまとめたとき、新聞部は最適解のひとつではないかと思う。少なくとも僕には、上手い反論をみつけることができなかった。

新聞部は今日の職員会議で認可される予定だ。性急ではあるけれど、魔女の後押しがあるなら時間はかからない。そして明日には一回目の会議が行われる。新聞の第一号で扱う記事の内容が決定される。

＊

トクメ先生を待って、彼女と一緒に学校を出た。

長い階段を、先生の一歩後ろについて下る。

「新聞部に、許可が下りましたよ。おめでとうございます」

と彼女は切り出した。

「ありがとうございます」

と僕は答える。

実際に、半分くらいは喜びもあった。良い知らせでも悪い知らせでもあった。新聞部は大地にとって有意義な場所になるかもしれない。これが良い知らせ。もちろん悪い知らせは、すべてが安達の意図通りに進んでいることだ。

「貴方が書いた企画書は素晴らしいものでした。満点の答案用紙のような、文句のつけようのないものでした」

「それっぽくでっちあげただけです」

「綺麗に整いすぎていてまるで言い訳を書き連ねているようだった、という側面もあります。ですがなんにせよ、会議には最適なものでした」

「内容にかかわらず、通ることは決まっていたんでしょう？」

「そんなことはありませんよ。でも」

トクメ先生は、底の厚いブーツを履いていた。それが階段を踏むたびに、かちん、かちんと神経質な音を立てた。どこか秒針の音にも似ていた。軽く息を吸って、吐くくらいの時間のあとで、彼女は「でも」の後を続けた。

「たまに、貴方のような生徒に出会います。優秀で、なのに控えめで、状況を理解する能力に長けていて、教師の目からみても本心が読めない。問題を起こさないから、大抵はとくに親しくなることもないまま卒業していきます。でも貴方は違いました」

「問題を起こしましたからね」

以前、僕は落書きをしたことがある。階段にふたつと、海辺にもひとつ。階段島では滅多に事件なんか起こらないから、それなりに目立つ問題になった。

「どうしてあんなことをしたんですか？」

理由は誰にも話したくない。

「なんだか、むしゃくしゃしていたんだと思います。閉塞感というか、鬱屈というか。この島にきたことに不安も感じていました。それまで漠然と思い描いていた、大学に進学して、就職して、という将来のルートが消えてなくなってしまったし。だから、なんでもいいから八つ当たりしたかったのかもしれません。ずいぶん馬鹿なことをしたものだと反省しています」

「それもまた、綺麗に整えた言い訳のような言葉ですね」

どうだろう？　言い訳が過失を取り繕うための言葉であれば、こんなもの言い訳にもなっていない。なにも取り繕えていない。

　トクメ先生は言った。

「どうして、ピストルと星の絵だったんですか？」

　また適当な嘘をつこうか、と迷って、そのぶん返事が遅れた。

　これからのことを考えると、トクメ先生にはそれなりに信頼されていたかったから、僕は正直に答えることにした。

「ピストルスターって、知っていますか？」

「いえ」

「そういう名前の星があるんです。いて座の方向にあります。一九九〇年代にハッブル宇宙望遠鏡で発見されました。当時は全宇宙でいちばん明るい星でしたが、そのあとでもっと明るい星が発見されたから、一位の座は明け渡しています」

「なるほど。それで？」

「それだけです。僕はピストルスターが大好きなんです。だから、ピストルと星の絵を描きました」

「どうしてピストルスターが好きなのですか？」

「理由はよくわかりません。でも、初めてピストルスターのことを知ったとき、僕はなんだか感動したんです。嬉しくて、悲しくて、泣きそうになったんです」

だって、ピストルスターはあまりに美しい。

太陽の何百万倍も明るいのに、遠く離れているからその光に僕たちが注目することはない。人類がピストルスターの存在を知ったのは、月面着陸に成功した二〇年以上もあとだ。でもずっと昔から、今もまだ、ピストルスターは寡黙に輝き続けている。誰に誇るでもなく、自覚もないまま気高く、果てしなく暗い宇宙を無力でも照らしている。なんて美しいんだろう。

もうひとりの僕は、堀がピストルスターなのだと言った。その尊い輝きなのだと言った。なら僕は彼に、もうなにも言えない。

「とても信じられませんね」

トクメ先生は首を振る。

「貴方が大好きなものを、落書きのモチーフに選ぶとは思えません」

あの落書きのあとで、僕は繰り返し質問を受けた。なぜ落書きしたのか？　そこにどんな意味があったのか？　どうしてピストルと星の絵なのか？　でも、こんな指摘を受けたのは初めてだ。

「どうしてですか？　どうせ描くなら、好きなものが良いと思いませんか？」

「貴方がそんな風に考える人間であれば、もう少し理解が簡単ですよ。でも、落書きは間違ったことです。貴方は間違ったことだと知っています。大好きなものをわざわざ落書きのモチーフにして、それを汚すとは思えません」

　貴女に僕のなにがわかるっていうんだ、という気もした。でも不思議と、それほど不快でもなかった。僕は首を振る。

「大好きだから、壊してしまいたくなることがあるんです」

　これは本心だったけれど、同時に嘘でもあった。

　たまに、大切なものを壊したくなる。いつか大切なものが壊れてしまうのが、怖くて、怖くて、その恐怖に怯えているくらいなら今すぐにこの手で壊してしまいたくなる。でもピストルスターは違う。ピストルスターは恒星だ。あれほど大きな恒星なら、いずれ重力崩壊が進行して、超新星爆発を起こして、光を飲み込むブラックホールになるかもしれない。でもそれは僕が死ぬよりもずっとあとのことだ。僕があの星の終わりをみることはない。だからあの星が消えてなくなって欲しいとは思わない。僕の目にみえないところで、僕とは繋がりようもないところで、いつまでも清く輝いていて欲しい。

　本当はあのとき、ピストルスターの絵を描きたかったわけではないのだ。なんの絵でもよかった。落書きはただの手段でしかなかった。でもなんでも自由に選んでいいなら、僕は真辺由宇《まなべゆう》の絵を描きたかった。そうするわけにはいかなかったから、代わりにピストルスターを描いた。真辺由宇の代わりは、僕にとってはあの星しかない。

　前を歩くトクメ先生が、ちらりとこちらを振り返った。ほんの短い時間、白い仮面の向こうから彼女の瞳が僕をみる。

「息抜きになりましたか？」

え、と僕は尋ね返す。

彼女はもう、前方に向き直っている。

「落書きをして、多少は気が晴れましたか？」

先生にはみえないとわかっていても、僕は首を振る。

「別に。期待したほどの効果はありませんでしたね」

「それは残念でしたね」

「だから、あんな馬鹿なことはもうしません」

「ですが、なにかは必要です」

トクメ先生は少しうつむいて、足元を確かめるようにしながら一歩ずつ階段を下る。

「八つ当たりでかまいません。貴方が閉塞感を感じているのなら、なにかが必要です。落書きは肯定できませんが、たとえば新聞部が貴方にとって価値のあるものになれば良い」

「部活動というのは、八つ当たりでできるものですか？」

「もちろん。その気になれば、なんだって。テスト勉強だって慈善活動だって八つ当たりでできます。貴方が大切なものを壊したくなるなら、それはエネルギーですよ。あらゆるエネルギーは、少し方向を変えてやれば別のものに応用できます」

「ああ。昔、理科で習いましたね」

冗談のつもりだったけれど、トクメ先生は頷いた。

「その通りです。エネルギー保存の法則ですね。位置エネルギーを運動エネルギーに置き換えて、運動エネルギーを熱エネルギーに置き換えて。それと同じようなことが、コツさえつかめば感情でもできるようになります」

「ぜひ、そのコツを知りたいものです」

「簡単ですよ。呪文を唱えるだけです」

「まるで魔法みたいですね」

「そう違いません」

トクメ先生の歩調は一定だった。口調もそれと、同じリズムだった。

「私は嫌いなものからもっとも効率的に目を逸らす」

はい、復唱してください。とトクメ先生は言った。

僕は復唱する。

「私は嫌いなものからもっとも効率的に目を逸らす」

意味は、よくわかった。なるほど。素敵な魔法だ。

「この魔法を遣うには、条件があります。第一に、ひねくれ者であること。第二に、臆病者であること。第三に、理想主義者であること。なかなかハードルが高いですが、貴方なら大丈夫でしょう」

僕は彼女に気づかれないように、こっそりと首を振る。

少なくとも最後のひとつは、当てはまりようがない。

「トクメ先生は僕が出会った中で、いちばんいい先生かもしれません」

階段島にいるのがもったいないくらいに。

「信用していただくのは、結果が出てからでかまいません。とりあえず目の前の問題から、効率的に目を逸らしてみてください」

「どんな問題ですか？」

「相原《あいはら》大地くんのことですよ。この島にだって大人はいます。貴方たちがすべて抱え込む必要はありません」

ああ。それなら、もうすでに実行している。

「ひとつ、相談があります」

「なんですか？」

「先生が大地に会ったあとで、お話しいたします」

僕たちは階段を下る。一歩ずつ下っていく。

階段はなかなか終わりをみせない。

2　真辺　同日

きっと、放課後には安達から声をかけられるよと七草が言っていた。そして実際にその通りになった。教室を出ようとしたときだった。

「話の続きをしよう」

と彼女は言った。

真辺は首を傾げる。

「話って、どの？」

「いろいろあるけど、魔女を説得する方法について、だよ」

「わかった。またうちの寮にくる？」

「いや、ここでいいよ。たぶん誰も、私たちの話に聞き耳を立てたりはしないでしょ」

真辺は頷く。誰にも聞かれたわけではない。そんなこと真辺にはわからない。でも、誰に聞かれても問題はないと思ったないだろうと思う。

ふたり、それぞれ席に座る。真辺は自分の席についた。安達はひとつ前の席の椅子を一八〇度回転させて、こちら向きに腰を下ろす。学習机で頬杖をついて、ひそめた声で言った。

「まずは、本題から入ろうか」

もちろんその方がありがたい。

「私はなにをすればいいの？」

「堀さんのお見舞いに行ってほしい」

彼女は今日、学校を休んでいる。

「わかった。一緒に行く？」

「いや。貴女ひとりで。私はいない方がいい」

「どうして？」

「ケンカをしちゃったからね。お互いに気まずいんだ」

「なら安達さんが行くべきだと思うけど」

気まずい人には会った方が良い。自分自身も、その人とのあいだに問題があると理解しているわけだから。避けていては問題が放置される。いずれ時間が経ち、互いにまた抵抗なく会えるようになったとしても、その問題は深い部分に残り続けている。

安達は笑う。

「逃げっぱなしってわけじゃないよ。あの子にはいずれ会うけれど、でも今日じゃない。まだ考えるべきことがあるんだよ」

「なにを考えるの？」

「堀さんに話すべきこと。上手くやらないと、誤解が生まれるかもしれない。なんだって修理するときには、細心の注意を払うものだよ。大雑把にやると悪化する」

誤解を減らす努力は大切だ。真辺は頷く。

「わかった。今日はひとりで、堀さんに会いに行く」

安達は頬杖をついたまま、ポケットからスマートフォンを取り出して頷く。

「うん。ありがとう」

「なにか伝言はあるかな？」

「とくにないかな。お見舞いなんていうのは、顔さえ合わせればそれでいいんだよ。貴女のことを忘れずにきちんと心配してますよって伝えることが大事なんだからさ」

「わかった」

安達さんも心配しているよと伝えよう。たしかに、それだけで充分だという気がする。

真辺は頷いて、それから首を傾げる。

「これが、魔女を説得する方法なの？」

「まだまだ準備だよ。料理でいえば足りない食材のおつかいを頼んでいるところだよ。本当はもうちょっと別のことを頼みたかったんだけどね」

「別のこと？」

彼女は頷く。

「新聞部の記事のことで相談があったんだよ。でも、意味がなくなった」

「どうして？」

「私が作りたかった記事はこうだよ。——階段島にいる人々が、どうして、誰によって捨てられたのかの調査」

真辺はつい、顔をしかめる。

「それはできないな」

彼女が提案したテーマの答えを、真辺は知っている。ほとんどなんの調査もせずに記事にまとめることができる。でもその記事は公開できない。昨年の一一月に、秘密にすると約束したことだった。

安達はスマートフォンの画面から、顔も上げなかった。

「どうして、できないの？」

「約束があるから」

「どんな約束？」

「それも、言えない」

「そ。なんにせよ私の方も、この記事は諦めた。七草くんに上手くやられた」

「七草がなにかしたの？」

「ほら、創部の資料、彼が作ってくれたでしょ？　確認させてもらったんだけどね、上手くストッパーを組み込まれた」

安達はスマートフォンの画面を睨みつけたまま、顔をしかめた。なにかゲームをしているようだ。それで失敗したのかもしれない。彼女は続ける。

「ま、考えてみれば当たり前のことなんだけどね。記事の内容は顧問の先生にチェックしてもらう形になっている。なら階段島とか、魔女とかに踏み込んだ記事はかけない」

「そうかな。島の人たちにとって意味のある記事なら、先生を説得できるかもしれないよ」

「残念だけど、私たちの新聞部の目的は報道じゃない。提出した資料に明記されてる」

「じゃあなんなの？」

「学校教育の一環だよ。記事の内容なんて、当たり障りのないものでいいんだ。生徒たちが力を合わせて新聞を作ることだけが重要なんだ。だからどれだけ意味のある記事でも、先生が問題だと判断したら却下される」

「魔女や階段島のことは問題なの？」

「問題だよ。この島で暮らす上で、重要だからね。重要な真実は必ずなんらかの面で問題を含む。私たちはきっと、重要じゃないことばかりしか記事にできない。学食の人気メニュー調査だとか、野球部と草野球チームの試合結果だとか、そういうことばかり書くことになる」

ある意味では納得できるし、別の意味では納得できない。そんな話だ。

真辺はそれを、順に口にする。

「新聞部は、あくまで大地のためのものだよ。なら記事の内容は、問題が少ないものの方がいいと思う」

「そうだね。だから私も、強く反対できない」

「でも、やっぱり島のことを隠すのは、変だよ。だって私たちはここで生きているんだから。それはもしかしたら、問題を含んでいるのかもしれない。部活動で記事にするべきじゃないのかもしれない。でも、なら別の方法で公開すればいい」

安達はスマートフォンから顔を上げて、笑う。

「でもさ、貴女も隠してることでしょ？　ほら、秘密の約束でさ」

まったくだ。状況を変える必要がある。真辺はそう決める。

安達は続ける。

「ともかく部活動では、七草くんが作ったルールに文句をつけるのは難しい。だからそのルールの中で、意味のある記事を書くことにするよ」

「それは、どんな記事なの？」

「まだ言えないよ。七草くんに知られたくないからね。でも、貴女が秘密にするって約束してくれれば、教えてあげる」

真辺は首を振った。

「やっぱり私は、秘密が嫌い」

一一月のあの夜のことを秘密にすると、七草と約束してしまったから、今も少し窮屈だ。できるだけ秘密は増やしたくない。

「そ」

安達は頷いて、またスマートフォンの画面に視線を落とした。

「ならこの話は、ここでお終い」

わかった、と真辺は答える。我儘なのはこちらの方なのだろう。せっかく安達が協力してくれているのに、秘密にすることを約束できないでいるのだから。

「それじゃあ、また明日」

真辺は席を立つ。堀の寮に行こうと思った。

「待って」

短く、安達が呼び止めた。

「本題はこれでお終いだけどさ、ついでにもう少し、話をしようよ」

「なに?」

「金曜日のことだよ。真辺さん、どう思った?」

「どうって、なにが?」

質問の意図がわからない。金曜日。三日前だ。寮の前で倒れたらしく、一〇分間ほど記憶を失った日だった。

「ほら、私が七草くんに告白したことだよ。貴女と七草くんの関係ってよくわからないけど、気にしてるんじゃないかと思って」

真辺はもう一度、席に座ろうかと考えて、止める。長い話にはならないだろう。

席のとなりに立ったまま答える。

「そりゃ、もちろん気になってるよ」

七草は安達の告白を受け入れるだろうか？　彼に恋人ができるというのは上手く想像できないけれど、あり得ないとも言い切れない。

「七草はもう返事をしたの？」

「まだ。土曜日に一緒にランチを食べたんだけどさ、返事はもらえなかったな」

「そう」

彼は返事に悩んでいるのだろうか？　あまり長考するとも思えなかったけれど、でも七草の恋愛事情はよく知らない。ずいぶん長く一緒にいたけれど、思えば好みのタイプのような話をしたこともない。

安達は首を傾げる。

「安心した？　それとも、そわそわしてる？」

尋ねられて、真辺は目を閉じる。自分の感情を探った。なかなか言語化しづらいが、どうにか答えを出す。

「そわそわしている、かな」

「どうして？」

「先のことがよくわからないから。私は、七草との関係を失いたくない」

「なら、もしかしたら私は嫌われちゃったかな？　ほら、抜け駆けみたいに告白しちゃったから」

上手く理解できなくて、真辺は「抜け駆け」と反復する。

「貴女を嫌う理由なんかないよ。告白するのは自由だよ」

「そりゃそうだけどさ。もし貴女も七草が好きなら、ライバルってことになるんじゃない？」

「だとしても、私も七草に告白すればいいだけだよ」

なにもアンフェアではない。安達の言動に、否定的な感情はない。

「じゃあさ、告白しないの？」

「それは――」

言いよどむ。

正直なところ真辺自身、七草に好きだと伝えても不思議ではないと感じていた。返事は想像もできないけれど、ともかく「付き合ってください」と彼に言ってもそれは自然なことに思えた。でも今はまだ、そうしようという気にならない。

「七草のことは好きだよ。大好きだよ。私には恋愛がよくわからないけれど、これが恋なのかもしれない」

「なら、告白すればいいのに」

「でも、なにか優先順位が違う気がする」

思考して出た言葉ではなかった。一方で自分の言葉に、ひどく納得してもいた。

優先順位が違う。なんの？　それはわからない。でも、しっくりくる。もしも彼に対する感情が恋愛だったとしても、思いを伝えるよりも優先しなければならないことがある。大地のことだろうか？　階段島のことだろうか？　どちらも重要だが、でも違うのだという気がする。もっと個人的な七草との関係で、優先すべきことがほかにある。

相変わらず、つまらなそうにスマートフォンの画面をみつめたまま、安達は言った。

「でもさ、もたもたしてたら、手遅れになるかもよ？　私と七草くんがつき合っちゃうかもしれないでしょ」

「手遅れってことはないよ。それからでも告白すればいい」

「恋人がいる相手に告白するのは、貴女の正義には反しないの？」

「まったく」

よくわからない話だ。隠れてこそこそ浮気するのは問題だけど、堂々と告白して、相手が以前の恋人と別れて自分が新しい恋人になるのであれば誠実だろう。限定ランチじゃないんだから、感情を早い者勝ちで済ませる方が無茶苦茶だ。

「でもさ、それ、逆の立場なら悲しくならない？」

「もちろん悲しいよ。でも悲しいのは、受け入れるべきことだよ」

「ああ、なるほど」

安達は口元で笑う。

「真辺さんの動向を読むのは、難しいね」

そうだろうか。特殊な考え方だとは思わないけれど。

また明日、と安達は言った。真辺も同じ言葉を答えて、彼女に背を向ける。

――優先順位が違う。

ともう一度、真辺は胸の中で反復する。

やはり納得のいく言葉だ。理由はまだわからないけれど、自身の心情をストレートに表しているのだと感じる。でも同時に気に入らない言葉でもあった。

優先順位なんてものを、できるならつけたくはない。選べるならすべてがいい。選べないなら、いつか選べるよう努力したい。なのに七草との関係に限っては、優先順位という言葉で納得している。

どうやらこれは、意外に根の深い問題のようだ。

＊

堀は風邪だと聞いていた。

真辺は雑貨屋でポカリスエットとのど飴を買い、彼女が暮らすコモリコーポに向かった。コモリコーポは絵本の挿絵みたいな、可愛らしい建物だ。赤い屋根で、壁は煉瓦でできている。装飾が施された黒いアイアンの門扉を押し開けて、真辺は敷地の中に踏み込む。

呼び鈴を鳴らすと、管理人だろう、三〇代の半ばほどの女性が姿を現した。

「初めまして。私は堀さんのクラスメイトで、真辺由宇といいます。彼女のお見舞いをしたいのですが、入れていただけますか？」

と真辺は言った。

「ああ、貴女が真辺さん」

管理人は笑う。

「わざわざ来てくれて、ありがとね。でもごめんなさい。あの子、誰にも会いたくないみたいなの」

「体調が悪いんですか？」

「そういうわけではないけどね。なんだか落ち込んでるみたい」

「では直接話をしたいので、部屋を教えていただけますか？　堀さんの許可が下りなければ、ドアは開けません」

「なるほど」

管理人は腕を組み、なにか納得した様子で頷く。

「ドアを開けなければ、会ったことにはならないんだ」

「いえ」

そういうわけではない。ドア越しにでも話をすれば、それは同じことだろう。でも。

「会話を避けるというのは、多くの場合、間違っているのだと思います。どうして誰にも会いたくないのか、私は知りたいです」

まず知らなければ、解決のしようもない。

管理人はまた頷いた。楽しげに笑っている。

「いいね。会話を避けるのは間違っている。とても綺麗な、まっすぐな言葉だ。でも暴力的でもある。荒っぽくて、若々しい」

「よくわかりません」

真辺は自分の考えを、素直に告げているだけだ。

管理人は話題を変えた。少なくとも、真辺にはそう聞こえた。

「私は別に、あの子の親ってわけじゃない。でもま、若い子を預かっている以上、それなりに親っぽい役割も必要なんじゃないかな」

「はい。それが？」

「だから私にも、教育方針みたいなものがあってね。大抵のことなら、最初の我儘は聞くことにしている。二度目からは理由がいるけれど、一度目は理由もいらない」

「どうしてですか？」

「うちの子たちの考えを尊重したいから。とはいえ、まったくの放任っていうのもよくないと思ってるから。折衷案ってとこだね」

　なるほど、と真辺は頷く。とくに反論はない。

「堀さんが、誰にも会いたくないと言ったのは初めてなんですか？」

「そうだね。ずる休みをしたのは二回目。だからそっちは、理由を訊いた」

「ずる休みなんですか？」

「一般的にはそうじゃないかな。なにがずるくてなにがずるくないのか、私にはわからないけどね」

　それは困った。

「ポカリスエットとのど飴を買ってきたんですが、不要ですか？」

「もらえるならもらっとくよ」

真辺はレジ袋に入ったままのそれを差し出す。管理人は受け取って、ありがとうと言う。

「では、どうぞ」

「明日も堀さんが学校を休んでいたら、また来ます」

「そ。待ってるよ」

「今日は伝言をお願いしていいですか？」

「なに？」

「ふたつあります。ひとつ目は、安達さんも心配しているよ、です」

「オーケイ。ふたつ目は？」

言葉をまとめるために、少し考えて、真辺は答える。

「明日は絶対に貴女に会うつもりだから、本当に嫌なら理由を教えてください」

了解、と管理人は言った。

真辺は「よろしくお願いいたします」と頭を下げて、一八〇度向きを変える。

堀はどうして、誰にも会いたくないなんて言ったのだろう？　そもそも誰にも会いたくないというのは、いったいどんな時だろう？

真辺にはわからない。結局のところ、顔を合わせて話をしなければ、相手のことなんかわからない。わかった気になる方が問題なのだという気がする。

明日は壁をよじ登ってでも堀に会おう、と真辺は決めた。

＊

夜には寮の前で、七草に会う約束をしていた。

真辺は夜道に立ち、じっと三月荘《さんがつそう》のドアをみつめる。そこが開くときを待つ。冬の夜は静かだ。虫の声も聞こえない。この島では、車が走る音もしない。周囲の家々からたまに笑い声が漏れ聞こえてくる。笑い声というのは遠くまで聞こえるものだなと思う。この島にやってくる前に暮らしていたマンションでは、幼い子供とその両親の世帯が多く入っていたから、笑い声を聞くこともよくあった。それから、母親が子供を叱る声も。笑い声と怒鳴り声は同じように遠くまで聞こえる。どちらも大切なものだからだろう、と真辺は思う。感情の乗った声は強い。それはきっと、自然なことだ。

やがて三月荘のドアが開き、七草が現れる。

「こんばんは」

と彼は言う。

「こんばんは」

と真辺も応える。続けて尋ねる。

「トクメ先生は、どうだった？」

先生は今日、大地に会ったはずだ。

七草は、彼にとっては無表情とそう変わらない顔で笑う。

「なにも問題はないよ。大地は大人に嫌われるタイプの子供じゃないし、トクメ先生は子供を嫌うタイプの大人じゃない。しばらく話をして、それからトランプをして遊んだ。明日はうちの寮の管理人さんが、授業が終わるころに学校まで大地をつれてきてくれることになった」

「でも、毎日だと大変だね」

「まったく。先生は部室を学外に置いた方がいいんじゃないかと考えている。あの階段は、小学二年生にはちょっと長すぎる」

「どこかの寮の一室を使わせてもらう？」

「それも考えたんだけど、なかなか上手くみつからない。安達の主張では、大地のために三月荘とは別の環境を作りたいわけだから、うちの寮でってわけにはいかない。でも女子寮は基本的に、男子が入っちゃいけないことになっている」

なるほど。たしかに、寮を使うのは難しそうだ。新聞部に参加する予定の男子生徒は七草と佐々岡だけで、共に大地と同じ三月荘で生活している。寮のほかに使える部屋はあるだろうか？　考えていると、七草は言った。

「ま、少しずつ解決していけばいいよ。慌てる必要はない。魔女に頼めば、どこかの空き部屋を貸してもらえるかもしれない」

「でも気になるよ。私にできることはある？」

「今はとくにない。困ったことがあったら相談するよ」

「わかった」

真辺は頷く。

七草は笑みを消した。

「それで、君の方は？」

安達の話をするとき、彼は警戒心を隠さない。それは私に対するメッセージでもあるのだろうか、と真辺は考える。七草のことは信用していた。安達のことも。同じように、というわけではない。もちろん七草に対する信頼の方が大きい。でも彼が警戒しているからといって、真辺まで安達を疑い始めるのは違う。相手の判断に合わせるばかりだと、ふたりでいる意味がなくなってしまう。七草の頭がどれだけ良くても、真辺がどれだけ愚かでも、やはり視点はひとつよりもふたつであるべきだ。

ともかく、真辺は答える。

「きみが言った通り、放課後に安達さんと話をしたよ」

「新聞部の集まりのこと？」

「それもある。新聞の記事の内容を、少し。安達さんには書きたい記事があったけれど、先生のチェックを通らないだろうから書けないって言ってた」

「どんな記事？」

「階段島にいる人々が、どうして、誰によって捨てられたのかの調査」

七草の目が細くなる。

「ずいぶんストレートだ」

「どうストレートなの？」

「想像通り過ぎる。本命は別にありそうだ」

よくわからないが、その通りなのかもしれない。真辺は安達の話を思い出す。

「彼女はきみが作ったルールの中で、意味のある記事を書くって言ってた」

「どんな記事？」

「知らないよ。教えてくれなかった。七草にはまだ知られたくないらしいよ」

「明日にはわかることなんだけどね」

彼は手袋をした手を顎にあてて、なにか考え込んでいる。思考の方に集中しているようで、声はなんだかぼんやりしていた。

真辺は尋ねる。

「安達さんは、どんな記事を提案すると思う？」

「わからないよ、そんなの。でも島の人たちの不満を調査するような内容かな。魔女ができるだけ消そうとして、でも消せなかったものだ」

やはり七草と安達は同じ位置にいるのだ、と真辺は感じる。

彼らは真辺にはみえないなにかで争っている。傍目にはわからないけれど、ふたりの間には、それが成立するだけのルールがある。

気にはなったが、真辺にとって、それは優先順位が低いことでもあった。

「新聞部は大地のためのものだよ」

この前提がいちばん重要で、そこから踏み外していなければ、好きなだけ争えばいい。

「わかってるよ」

と七草は言った。

「うん。もちろん、七草はわかってる」

と真辺は言った。

戦争は嫌いだ。取返しがつかないから。でも意見を戦わせるのが、悪いことだと真辺は思わない。より良い答えを得るためには、対立する意見はぶつかり合うべきだ。ぶつかって生まれる問題よりも、無理にぶつからないように縛りつけて生まれる問題の方が危険だ。

おそらく七草も安達も、充分に頭がいい。知識が多いとか、応用力があるとか、そういった種類の頭の良さが問題なのではない。真辺由宇の価値観において、頭が良い人間はみんな優しい。優しくあることの重要性を理解しているからだ。どれだけ勉強ができようが、天才的なひらめきを持っていようが、優しさの意味を理解していないならその知性は充分ではない。充分に頭が良いふたりが争うのであれば、不安を覚える必要はない。どちらが勝利しても、あるいは譲り合っても、優しい落としどころをみつけるはずだから。

七草は首を傾げる。

「ほかには?」

「堀さんのお見舞いに行った方が良いって言われて、そうしてきた」

「堀に会ったの?」

「会えなかった。誰にも会いたくないんだって」

「君が素直に引き下がったの?」

「明日、堀さんが学校に来れば話はできるから。もし明日も休んだとしたら、絶対に会うつもりだって伝言をお願いしてきた」

「病人の部屋に、無理に押し掛けるのはよくない」

「もちろん、よくない。でも管理人さんはずる休みだって言ってたよ」

「なるほど」

真辺は秘密を嫌う。

なのに、少し迷った。けれど結局は口を開く。

「それから、もうひとつ安達さんと話したことがあるよ」

「へぇ。なに？」

「安達さんが、きみに告白したこと」

七草はとくに表情を変えなかった。小さな声で「ああ」とつぶやいただけだった。

「あれは僕も驚いた。こんなやり方もあるのか、という感じだった」

「返事は決まってるの？」

「君は嫌いな考え方だろうけどね。安達は僕たちの人間関係をかき乱すためだけに、あれを言ったんだと思うよ」

そうだろうか。わからない。七草が言う通り、好きな考え方ではない。

「もしきみの言う通りだったとしても、誠実に答えるべきことだよ」

「まったくだ。僕と君じゃ、誠実って言葉の意味が違うかもしれないけどね」

「どう違うの？」

「言葉と行動なら、君は行動を優先する。泣いたとか、笑ったとかね。走ることや、叫ぶことや、閉じこもることなんかもだ。外からみえるものを、君は優先する」

「きみは、そうじゃないの？」

「僕は言葉を優先するのが、誠実だと思っているよ」

ああ、そうかもしれない。泣きながら「大丈夫」という人がいたとき、真辺は涙の方が重要だと考える。それを判断の基準にする。でも七草なら、泣きながらでも「大丈夫」と言った理由まで考えるだろう。

七草は続ける。

「言葉の扱いでも、君と僕は違う。君は言葉をそのまま受け取るのが誠実だと思っている。僕は心情をできるだけ汲み取るのが誠実だと思っている。正反対だ」

たしかに真辺にとって誠実な態度とは、目でみたものや耳できいたことをそのまま、なんのフィルターも通さずに受け取ることだ。でも、七草は言葉から相手の心を想像するのだろう。じっと考えて、言葉の意味を補足する。真辺にとって「ありがとう」はただの「ありがとう」だが、彼にとっては、おそらくそうではない。相手や場所や状況によって、同じ言葉が様々な意味を持つのだろう。

どちらがより誠実なのか、真辺にはわからない。自分の方が正しいのだという自信だってある。言葉とは人と人が繋がるためのものであり、ならその意味は、辞書に頼るしかないのだから。七草の方が優しいのだという確信だってある。人と人は感情で繋がるもので、言葉とはそれを載せる道具でしかないのだから。

「きみに伝えておかないといけないことがある」

と真辺は言う。

これが今夜の、本題と言っていい。

「私は約束を破りたくないよ」

「約束？」

「去年の一一月の。あの灯台の中で知ったことを秘密にするっていう約束だよ。できるだけ守りたいと思ってるけれど、でもこの島に来た理由を、みんなが知らないのもおかしい。それは目をそらしてはいけないことだから」

安達が記事にしたかったことを聞いて、改めて考えてみて、そう思った。

――階段島にいる人々が、どうして、誰によって捨てられたのか？

これは誰かが伝えるべきことだ。きっと魔女が隠しているのだろうが、秘密にするのはおかしい。事実がなんだったとしても、どんなに残酷で悲惨なものだったとしても、やっぱり階段島の住民はここに来た意味を知るべきだ。問題が目にみえなければ解決のしようもない。

「だから、あの約束を破棄したい。だめ？」

「だめ」

「なら私は、きみとの約束を破るかもしれない」

それはつらいことだ。約束とは極力、守られるべきものだ。でも約束だけを理由に正しいと信じることができないでいるなら、それは間違っている。

七草は大きく首を振る。

「階段島にいるのが、自分自身に捨てられた欠点ばかりだなんてことを、みんなが知りたがると思ってるの？」

「思わないよ。でも、知れば先に進める。痛くても、苦しくても。魔女に奪われた道がまた目の前に開ける」

「ああ、そうだろうね。君ならそう言うだろうね」

彼はじっとこちらをみて、笑った。

「じゃあ、改めて頼むよ。あのことを誰にも言わないでいて欲しい」

真辺は顔をしかめる。それは、困る。

「七草に頼まれたら、できるだけ頷きたいよ。でも、今回はできない」

「どうして？」

「きみが階段島のことを秘密にするって言ってる理由に、納得できないから」

彼には彼の優しさがある。それは、わかる。でも真辺が考える正しさとは、方向がかみ合わない。

「もしも私が一方的に約束を破ったら、七草は怒る？」

「怒ると言ったら、君は考え方を変えるの？」

「それは変わらないけど」

彼は苦笑に似た顔で、でも優しく笑う。

「別に、たまに怒られるくらいいいでしょ？　気に入らなければ反論すればいいんだ」

「うん。その通りだね」

七草は、そうだ。

怒ったときに、無言で背を向けるようなことはしない。これまでどれほど不機嫌にみえても、苛立っているようでも、真辺の言葉を丁寧に聞いてくれた。なら確かに、どれだけ怒られてもいい。

納得して、真辺は頷く。

七草は腕時計に視線を落とした。

なんとなく彼ともう少し話していたい気分だったけれど、今夜はとても寒い。このまだと風邪をひいてしまうかもしれない。

真辺は「おやすみなさい」と言って寮に戻るつもりだった。

でも彼は、再び顔を上げて首を傾げる。

「もう少し大丈夫？」

真辺は頷く。まだ午後九時といったところだ。

「いつも眠る時間までは、まだ三時間くらいあるよ」

特別な用がなければ、真辺は夜零時に寝て、午前七時に目を覚ます。

「なら、少し歩こう」

「わかった。どこにいくの？」

「どこでもいいけど、階段を上ろうか」

このままだと凍えちゃいそうだ、と七草は言った。


七草と肩を並べて歩く。

階段島にやってきてから、そうすることが増えたように思う。以前はどちらか一方が前を歩くことが多かった。たいていは真辺が、ときには七草が。でも真横に並んだ方が心地よいと真辺は感じる。相手の顔をみて話ができる。

「君に教えて欲しいことがあるんだ」

と七草は言った。

「なに？」

「僕のこと。できるだけ昔の僕のことを教えて欲しい」

「わかった」

彼自身のことを彼に話すのは、不思議な感じがした。でも考えてみれば、むしろ自然なのかもしれない。七草は真辺さえ忘れている真辺のことを覚えている。そして真辺もきっと、七草さえ忘れている彼のことを覚えている。

「いちばん古いってなると、小学校の入学式だと思う。それよりも前に会ったことは、ないよね？」

「たぶん。入学式のことなんか覚えてるの？」

「全部じゃないよ。でも、誰だったかな。式の最中に泣き出しちゃった子がいて。その子に、最初に声をかけたのが七草だよ」

「そんなことあった？」

「あった」

よく覚えている。泣いた子の隣の席に座っていたのが、真辺だったから。七草は少し離れていた。正確には覚えていないけれど、五つか六つ、隣の席だったように思う。でも七草がいちばんに席を立ち、真辺の前を通り過ぎて、泣いている子に声をかけた。

「どうしたの、って君が言った。泣いている子は返事をしなかった。大丈夫だよ、って君が言った。そのすぐあとに、担任の先生がきた」

印象的だった。だから、覚えている。

「きみは大人っぽい子だったよ。背は私の方が高かったのに、年上にみえた」

「僕はそのころの君を、覚えていないな」

「それはしかたないよ。目立たない子だったと思う。とても内気だったし」

七草は吹き出すように笑う。

「真辺が？　内気？」

「今だってどちらかというと、内気な方だと思ってるけど」

考えていることを言葉にするのが、得意ではない。喋ることは難しいとよく感じる。必要があればなんだって言葉にするけれど、そうしようと決めているだけで、苦手は苦手だ。

七草は首を捻る。

「辞書的な意味の、内気ではないと思うけどな。でも君は、内向的ではあるのかもしれない」

「内気と内向的って、別の言葉なの？」

「内気というのは態度の話だ。傍からみていてもわかる。でも内向的というのは心の働きの話で、傍目ではわかりづらい。コミュニケーションが得意でも、ディベートに強くても、内向的な人はいる」

「よくわからないな」

「言葉の意味を調べてみるといいよ」

「うん。そうする」

真辺由宇は頷いて、それから思い出す。

「もし私が内気じゃないんだったら、それはきみのおかげかもしれないよ」

小学二年生の夏休みのことだ。

それは真辺と七草が、初めてしっかりと話をした日だった。

＊

夏休みだというのにどうして学校に行ったのか、今ではもう思い出せない。校庭で遊ぶためだったのかもしれないし、図書室に用があったのかもしれない。別の場所に向かう途中でたまたま通りかかっただけなのかもしれない。ともかく小学二年生の夏休みのある日、真辺由宇は校庭で七草に出会った。空の青をそのまま絵の具にして「八月」と名前をつけたくなるような、隅々まで晴れ渡った日だった。

幼いころの彼の記憶は、不思議と泣き声とリンクしている。

あの日も。七草はクラスメイトの少年数人と一緒にいた。たしか、彼を入れて四人か五人。そのうちのひとりが泣いていた。泣き声が聞こえたから、真辺は七草たちに近づいたのだ。彼らは校庭の片隅の、鉄棒の前にいた。支柱が緑色のペンキで塗られた鉄棒だった。でもそれはすでにずいぶん剥げていて、数年後に青いペンキで塗り替えられることになる。

泣いていたのは、そうだ、原田《はらだ》という名前の少年だ。背の低い少年だった。でも、七草の方がもっと小さかったはずだ。彼は今でも同年代の中では小さい方だけど、当時は背の順に並ぶといつもいちばん前だった。

泣き声を上げていたのは原田だけだったが、残りもみんな、同じような顔つきだった。七草だけが違っていた。彼は不機嫌そうに目を細めていた。真辺は原田に向かって尋ねた。

「どうしたの？」

彼らは一斉にこちらをみて、すぐにそれぞれがばらばらの方向に目を逸らした。七草だけが逸らさなかった。彼は答える。

「あれ」

七草は校庭の反対側にある、サッカーゴールを指さした。その前に数人の男の子がたむろしている。身体が大きい。たぶん四年生か五年生、どちらかだろうという気がした。

その中でもとくに体格の良いひとりが、青いボールの上に座っている。

「あのボール、原田のなんだよ」

「貸してあげたの？」

七草は、小学二年生には似合わないため息をついた。

「違う。盗られたんだ」

それから事情を説明してくれた。

七草たちはほんの一五分ほど前まで、サッカーをして遊んでいた。そこに上級生たちが現れた。彼らは、あのサッカーゴールは自分たちのものだ、と主張した。なぜなら高学年が入っている校舎の前にあるから。よくわからない理屈だが、たしかに校庭にも、学年ごとの縄張りのようなものはある。彼らは七草たちをサッカーゴールの前から追い出したばかりか、そのときに使っていた原田のボールを奪い、自分たちで遊び始めた。

なんだか無茶苦茶で、真辺は顔をしかめる。

「どうしてそんなことになるの？」

「あいつらは僕たちが嫌いなんだよ。前にちょっともめたから」

七草たちの話によれば、あの上級生たちが問題を起こすのはこれが初めてではないらしい。以前は別の少年が携帯ゲーム機を取り上げられてしまった。しばらく貸してくれとのことだったが、反抗すると殴られた。体格で劣る七草たちが腕力で彼らに敵うはずがない。

もちろん七草たちは、学校の先生にそのことを報告した。先生はあの上級生たちを呼び出したが、彼らは携帯ゲーム機のことなんか知らないと言い張った。実際に、上級生たちはそのゲーム機を持っていなかった。それは学校の裏庭でみつかった。けれど画面に大きなひびが入っていたのだと言う。

「僕たちが職員室にいくのをみて、投げ捨てたんじゃないかな。みつかると叱られると思ったんだろ」

「それで、どうなったの？」

「どうにもならないよ」

「でも、先生は？」

「あいつらから話を訊くって言ってたかな。それだけだよ。証拠がないと、先生もどうしようもないんだ」

「それで？」

どうするの？　と尋ねたつもりだった。でも七草は違う風に受け取ったようだ。

「それで、あいつらは僕たちを嫌っている。素直にゲーム機を渡しておけばよかったのにってことなんだと思う。だから今日も、原田のサッカーボールを盗った」

わけがわからない。七草たちが彼らを嫌う理由があっても、彼らが七草たちを嫌う理由なんてなにひとつないはずだ。

「それで、どうするの？」

と今度こそ真辺は尋ねる。

「どうしようかな」

七草は、他の少年たちに向き直る。

「だれかの家でゲームでもする？」

そういうことではない。

「放っておいていいの？」

「仕方ないよ。どうしようもない」

「悪いのは向こうでしょ？」

「うん。でも、そんなの意味ないよ。お前らは悪者だ、って言っても、殴られてお終いだ。ああいうのからは、逃げた方がいいんだ」

「どうして悪くない方が逃げるの？」

「だって、勝てないから」

七草は笑う。大人びた笑い方だった。

「お前も熊が出てきたら逃げるだろ？　同じだよ。どうしようもないんなら、逃げるのがいちばんいい」

「でも、問題なのはあの上級生たちでしょ？　熊とは違うよ。同じ人間だもの」

「僕はあいつらが、同じ人間だとは思ってない。もっと馬鹿にしてるし、相手にしたくない。だから逃げる」

行こう、と七草は、他の少年たちに言った。七草が歩き出すと残りもついて歩き、校庭には真辺だけが取り残された。真辺はしばらく七草の後姿をみていたけれど、彼がみえなくなるとあとは、サッカーゴールの前に座り込む上級生たちを睨んでいた。

＊

ふたりは学校へと続く長い階段にさしかかっていた。

「そんなことあったっけ？」

と七草が言う。

真辺は頷く。

「本当に覚えてないの？」

「苦手な上級生がいた気はするな。でも、小学生のころのことなんかもうほとんど覚えてないよ」

それは残念だ。とても印象深い出来事なのに。

七草は、寒さのせいだろうか、背中を丸めたまま首を傾げる。

「で、それがどう繋がるの？　君が内気だとか、内気じゃないとかって話に」

「続きがあるんだよ。七草たちがいなくなって、私はあの上級生たちを睨んでいた。文句を言ってやろうかと思ったけれど、やっぱり怖かった」

「当時の君には、ちゃんと恐怖心があったわけだ」

「今もあると思うけど」

「あったとしても、正しく機能していない」

そうだろうか。恐怖心の正しい持ち方というのは、考えたことがない。でもなにも怖がらないというのはあまりよくない感じがするから、きっと恐怖にも正しい機能と最適な形があるはずだ。

こういう問題は結局、七草に尋ねるのがいちばん手っ取り早い。

「正しく機能する恐怖心って、どういうものなの？」

「いかに自分を守るのかってことだと思うよ。昔の僕も一応、そのあたりのことはわかってたみたいだね。怖いものからは逃げた方がいい。怖くないと、その判断ができない」

「それは違うよ」

真辺は断言する。

七草が「ん？」と首を傾げて、こちらをみた。

「あのとき、七草は上級生たちを怖がってたわけじゃないよ」

違うからこそ、なんとなくわかった。つまり大切なのは、なにを怖がって、なにを怖がらないのかだ。七草はたぶん、人が傷つくことを怖がる。大地が傷つくことを怖がり、魔女が傷つくことを怖がる。それは正しい。

でもあのとき、彼は自分自身が傷つくことは、怖がっていなかった。

「きみはすぐに、校庭に戻ってきたんだよ」

友達だけを先に帰らせて、七草は戻ってきた。あの上級生たちが友達を逆恨みしないようにひとりきりになりたかったんだろう。

あのころの七草はきっと、今よりもいくらか率直だった。

＊

やっぱり、悪いことは悪い。いけないことはいけない。あの上級生たちに文句を言ってやるべきだ、と小学二年生だった真辺由宇は決めた。少なくともボールは取り返さないといけない。彼らに向かって歩き出そうとしたときに、後ろから声をかけられた。

「あれ？　まだいたの？」

振り返ると七草が、ひとりで立っていた。

真辺は首を傾げる。

「どうして戻ってきたの？」

やっぱり七草もボールを取り返さないといけないと思ったのだろうか。ひとりだと心細かったから、ふたりの方が嬉しいなと、真辺は思った。

「もともと、すぐに帰ってくるつもりだったよ。予定通りだ」

「でも、逃げた方がいいんだよね？」

「あれは、嘘だよ」

七草は照れたように笑う。なんだかその笑い方が印象に残っている。このときはよくわからなかったけれど、きっと彼にしては子供っぽい表情だったからだろう。

「逃げた方がいいことは、よくある。たぶんあるんだと思う。でもね、嫌なことから逃げた先が楽しいとは限らないだろ？　それは僕が決める」

「それ？」

「つまり、なにが楽しいかってこと。逃げた方が楽しいこともあるけど、今はそうじゃない。僕が決めた。だから、仕方ない」

よくわからなかったけれど、よくわかった。七草は小学二年生にしてはとても難しいことを言っていて、真辺も難しいのだということを理解していたけれど、それでも彼が言いたいことはほとんど全部わかった。なにが正しくて、なにが間違っているのかなんて、自分で決めてしまうしかない。正しいと思うことに従うのか、別の、たとえば安全だと思うことに従うのかなんて、自分で決めてしまうしかない。

なんだか嬉しくなって、真辺は頷く。

「じゃあ一緒に、あの人たちを注意しにいこう」

でも、七草は顔をしかめる。

「どうして？」

「え？　いかないの？」

「僕は行く。ひとりでいく」

「ひとりだと怖くない？」

「怖くないよ。恰好いいだろ？　恰好いいことは怖くない」

「なに、それ」

「自分が恰好いいと思うのは、楽しいでしょ。楽しいなら怖くないよ」

不思議な考え方だ、という気がした。今思い返しても、やはり七草は速く進むのだと思う。印象が大人っぽいというだけではなくて、もっと。思考の成熟が速い。

でも真辺は首を振る。

「私も行くよ」

彼の言い方に合わせるなら、そうした方が楽しい。離れた場所からみているだけじゃ楽しくない。七草は腕を組んで、下を向いてしばらく考え込んで、それから顔をあげた。

「ひとつ、頼み事をしていいかな？」

「なに？」

「携帯電話、触ったことある？」

「少しなら」

「じゃあさ、動画の取り方、わかる？」

それはわからない。真辺は首を振る。

七草はポケットから携帯電話を取り出して、画面をみせた。

「これがカメラのボタンだから、ここを押して、それから——」

「これ、七草くんの？」

「違うよ。母さんのを持ってきた。ほら」

彼は携帯電話を操作して、動画を再生してみせてくれた。そこにはあの上級生たちが映っていた。七草の友人たちもいる。画面がぶれていてよくわからないけれど、サッカーゴールの前で上級生たちと言い争っている。その音声はしっかりと聞き取れる。

「ゲーム機のときは証拠がなかったから、先生に言ってもだめだった。だから今日は、証拠を作った。僕たちはあいつらに嫌われてるから、いつかまた同じようなことが起こるんじゃないかと思って、準備してた。これで、ゲーム機のこともあいつらが悪いってわかる」

七草の言う通り、動画の音声で、彼らは自分たちがゲーム機を壊したと認めている。

真辺は笑う。

「よかった」

本心からそう思う。悪い人の、悪いことがはっきりと証明されるのは良いことだ。その方が正しいし、気持ちがいい。きっと楽しい。

七草は携帯電話で動画を取る方法を説明した。これからあいつらと話をしに行くから、その様子を録画していて欲しい、ということだった。

真辺は首を傾げる。

「でも、これを先生にみせればいいだけじゃないの？」

証拠はすでに手元にある。わざわざ上級生に文句を言いに行く必要はないのではないかという気がした。

「だって、僕もあいつら、大嫌いだから」

思いっきりぶん殴ってやる、と笑って、彼は歩き出した。


七草は上級生たちと激しく口論し、その最中に殴られ、蹴られた。彼は長いあいだ、自分からは手を出さなかった。真辺は携帯電話のカメラの小さな画面越しにその姿をみていた。じっと目をそらさなかった。

――もういいだろう。

と何度も思った。助けに入ろうかと繰り返し考えた。きっとこの動画をみた大人たちもそう考えるはずだ。じっくりと時間をかけてから、七草は一度だけ、いちばん身体の大きな上級生を殴り返した。すぐに反撃を受けて、彼は校庭に寝転がった。

その姿をみて、真辺は大きく息を吐く。泣きたいような気分だったけれど、悲しいわけではなくて、涙もこぼれなかった。ただ、やっぱり彼の隣に立っていたかったなと思った。

＊

七草が足をとめた。学校へと続く長い階段の、八合目というところだった。

「まったく僕の話だとは思えないな」

そうだろうか？　真辺にとっては、いかにも七草らしいエピソードだ。暗くてよくわからないけれど、彼は顔をしかめているようだった。

真辺も立ち止まる。

「もう上らないの？」

「別に、いちばん上までいかないといけないってこともないでしょ」

「魔女に会いに行くのかと思ってたよ」

「僕は君の話を聞きたかっただけ。よくわかったよ、ありがとう」

「私はできれば、魔女に会いたいんだけど」

「そ。でも、僕は帰る。もう遅い時間だから、君も日を改めた方がいい」

せっかくここまで来たのだから、真辺ひとりでも学校の裏からさらに山頂へと延びる階段に向かおうかと少し悩む。でも今日は七草に従うことに決めた。ひとりきりでは、あの階段を上り切れる気がしなかった。

くるりと向きを変えて、今度は階段を下りながら、真辺は言った。

「どうして、昔のきみのことを聞きたかったの？」

「いろいろ思うところがあってね」

「それはそうでしょ」

誰だって、いつだって、いろんなことを考えているものだ。返事になっていない。

「僕は忘れっぽいみたいで、昔のことはほとんど覚えていないんだよ。できれば思い出したかったんだけど、この島では君のほかに相談できる相手もいない」

「思い出せた？」

「まったく。でもそういえば、母さんに叱られたことがあったな。勝手に携帯電話を持ち出したから」

残念だ。あの出来事は、真辺にとって重要なものだ。

七草は軽く首を傾げる。

「でも、まだよくわからないな。君が内気じゃなくなったのと、なにか関係ある？」

「あのときに七草が戻ってきたから、私は言うべきだと思ったことをそのまま口にするようになったのかもしれないよ」

「そんなことはない。僕が校庭に戻らなければ、君はひとりきりで上級生たちを注意しにいった。どんなにひどい目にあってもそうしたことを後悔しなかった。間違いない」

どうだろう、よくわからない。真辺は当時からずっと、七草に対して同じ感情を抱いている。とても大切なものだ。もしもそれを持っていなければ、自分がどんな人間になっていたのか想像できない。

階段にはぽつぽつと外灯がついているけれど、その光は弱く、夜は暗い。七草は少しうつむいていて、そうすると彼の顔がほとんどみえない。顔を隠したまま彼は言う。

「小学二年生の僕と今の僕は、ずいぶん違うみたいだね」

「そう？」

「うん。少なくとも、最後の行動は違う。今の僕なら、ボールを盗られたすぐあとで、先生に携帯電話の動画をみせにいく」

「それはそうかも」

思い切りぶん殴ってやる、というのは、七草に似合わないセリフだ。やっぱり今の彼と当時の彼は、どこかが違っているのだろう。

「そのころの僕と、今の僕で、いちばん違うところはどこだろう？」

七草がこんなにも、彼自身の話をするのは不思議だった。ぶん殴ってやる、よりも、こちらの方が彼のイメージには合わないくらいだ。なぜだか七草は秘密を好む。どうでもよいことをすぐに隠したがる。たとえば小学生のころ、好きな食べ物を尋ねたことがある。彼はリンゴだと答えた。真辺はそれを信じ込んでいたけれど、中学に入ったころに嘘だと聞かされた。リンゴは嫌いではないけれど、とくに好きでもないらしい。「実は梨の方が好きなんだ」と彼は言った。とはいえその言葉が本心なのかさえ、今もまだわからない。

昔の七草と今の七草で、いちばん違うのはそこなのかもしれない。

「あのころのきみは、もう少しわかりやすかったたな。自分を表に出すのに躊躇いがなかったような気がする。今のきみは、自分が恰好いいとは言わなさそうだし」

「冗談でなら言うかもしれない。当時も冗談だったのかもしれない」

「それはそうだけど、でも」

真辺は別の言い回しに思い当たって、これだ、という気がして、ひとり内心で頷く。

「たぶんあのころのきみは、自分が幸せになることに躊躇いがなかったんだよ」

今の七草の言動は、優しいけれど悲しい。彼は自分の幸せを意図的に避けているようにみえることがある。

「当たってる?」

と真辺は尋ねる。

「知らないよ」

と七草は答える。

「でも、君からそうみえるなら、とりあえず信じておくことにするよ」

彼に信じると言われたので、真辺は少し機嫌が良くなった。

そのままふたりは階段を下る。学校にも、魔女が暮らすと言われる山頂にも背を向けて、ふたりとも同じ歩調で下る。

3 七草 三月九日（火曜日）

堀は二日続けて学校を休んだ。

それはもちろん心配だったけれど、むしろ彼女が安達と距離を取っていることに安心してもいた。

大地は授業が終わる一時間ほども前に学校に来ていて、校庭でハルさんとボールを蹴って時間を潰していた。教室の窓からもその姿がみえて、本人は知らないだろうけれどなかなかのアイドルになっていた。僕はクラスの女の子に「キャンディーあげていいかな？」と尋ねられて、「ひとつくらいならいいんじゃないかな」と許可を出した。

放課後になると僕たちは、教室の机をコの字型に並べ直した。大地も椅子を運ぶのを手伝ってくれた。部室はまだ用意されていない。

そして僕たちの新聞部の、記念すべき第一回目の活動が始まった。メンバーは僕、真辺、安達、佐々岡《ささおか》、委員長と大地。それから顧問のトクメ先生だ。

僕が新聞部を作るための資料を一手に引き受けて、そこに安達を抑制するためのルールを組み込んだように、もちろん安達の方だって部活動を意図通りに進めるための用意をしていた。

「まずはこれ、みてよ」

と彼女は、三種類の資料を配った。

ひとつ目は新聞のサンプルだ。いわゆる壁新聞というやつで、見開きの大きなページにすべての記事がまとまっている。段組みやフォントのサイズが違うものが数種類あり、記事はダミーだけど図や写真も入っている。大地と佐々岡が小さな歓声を上げた。

こういう会議において、労力は説得材料になる。目に見えて働いていると、その人の意見は却下しづらい。安達は意外にまめな方法で外堀を埋めるようだ。

ふたつ目が、安達の本命だろう。新聞記事の企画書だった。

僕はその一行目を読んで、息を呑む。想像できなかった内容だ。そして、想像できてもおかしくない内容だ。胸がざわめく。

――階段島の人たちの、昨年のクリスマスプレゼントの調査。

ここを、突くのか。驚きもあるが、納得感の方が強い。昨年のクリスマスには、僕が知らない堀の弱点が潜んでいる可能性が高い。

昨年のクリスマスシーズンに、階段島ではひとつの問題が起こった。通販の荷物が届かなくなってしまったのだ。これはまず間違いなく魔女の仕業だし、イブの夜、堀に頼んでみたらまた荷物が届くようになった。

どうして彼女は通販を止めたのだろう？　あの出来事を知っていたなら、気にならない方がおかしい。

椅子の上で身体をのけぞらせて、佐々岡が言う。

「面白いけど、クリスマスは少し季節外れじゃね？」

もちろん安達が反論する。

「春って、意外と贈り物のシーズンなんだよ。ほら、卒業式も入学式もあるでしょ？たいていの寮で春に出ていく人のパーティだとか、プレゼントだとかを計画してるんじゃないかな？　きっと今、贈り物のデータは需要があると思う」

まったくその通りだ。僕がいる三月荘でも、そんな話は出ている。この島の学校新聞として優等生的な企画だ。「企画書に書いてるじゃないですか」と委員長が、佐々岡を睨む。

みっつ目の資料は、クリスマスプレゼントの調査のためのアンケート用紙だった。いくつもの質問が並ぶ。――誰に贈る予定でしたか？　なにを贈る予定でしたか？　金額は？　準備したのはいつ？　そのプレゼントを選んだ理由は？　なにか後悔していることはありますか？

それをぺらぺらと確認しながら、委員長が言った。

「この、プレゼントは贈れましたか、っていう項目は必要ですか？」

安達は頷く。

「だって贈れたプレゼントよりも、贈れなかったプレゼントの方がドラマティックだよ。私もね、中学のときに卒業していく先輩にちょっと高いボールペン買ったけど、けっきょく渡せなかったもの。密かなあこがれってやつ？　あんまり話したこともなくってね。名前を入れられる奴だったけど、今みると誰だよって感じだよ」

それってドラマティックか？　と佐々岡が言う。もちろん僕たちはそれを聞き流す。

安達は珍しく熱のこもった声で続けた。

「私はね、迷ってる人の背中を押したいの。引き出しの中に今となってはよく顔も覚えてない先輩の名前が入ったボールペンが転がってて、みるたびにげんなりするようなことになって欲しくないの。そんなわけで、うちの新聞ではクリスマスプレゼントを贈れなかった人の声を大きく取り上げたいと思います」

まあ、作り話だろう。とはいえ比較的発言力が強い委員長が納得した様子だったので、却下するのも難しい。

僕は内心で、納得していた。やはりこのプレゼント調査は、安達から堀への明確な攻撃だ。安達は調査結果を予想しているし、きっとその予想通りになる。これはどこまで大きな問題だろう？　どれだけ正確に、堀の不幸を指摘するものだろう？　わからない。でも、思いのほか傷が深いのだという気がする。

「さっそく話を聞いてみようよ。みんなが卒業生用のプレゼントを用意しちゃってからこの記事を出しても仕方ないよ」

と安達は言った。

＊

「猫はプレゼントなんか用意しない。たまに飼い主に、セミの抜け殻を届けることがある。でもこの島に飼い主なんかいないし、真冬にはセミの抜け殻もない」

と一〇〇万回生きた猫は言った。

僕たちはチームをふたつにわけて調査を開始した。僕と安達、佐々岡はまだ学校に残っている生徒たちを調べる。真辺、大地、委員長が階段を下り、街の人たちからアンケートを取る。真辺たちの方には、トクメ先生も付き添っている。大地がいるから当然だともいえる。向こうはまとまって行動しているのだろうけれど、こちらはばらばらに、それぞれ話を聞いて回っている。

一〇〇万回生きた猫はフェンスを背にして座り込み、ノートにボールペンを走らせていた。堀への手紙を書いているところなのだと言う。彼は難しい顔をしてノートを睨みつけながら、言った。

「こんなアンケートが、なんになるっていうんだ?」

僕は首を振る。

「なんにもならなければ、いちばんいいんだけどね」

調査結果は一度、僕の手元に集めることになっている。三月荘のPCで明日までにデータとしてまとめる、という名目だった。それは一応、真面目にやるつもりではいるけれど、明日にはトクメ先生に頼んで記事を変えさせてもらうつもりだ。

気になるのは、大地のことくらいだった。彼の最初の調査がボツになるというのは、やはり心が痛む。

「で、君はいつまで、ここでさぼっているつもりなんだ?」

と一〇〇万回生きた猫は言う。

「気が済むまでだよ。猫の隣っていうのは、そういう場所だろ」

と僕は答える。

一〇〇万回生きた猫は笑う。

「まったくその通りだ。猫の方は、いつでも気まぐれに立ち去るものだけどね」

「君がどこに行くっていうんだ」

「どこにもいかない。でも、手紙を書くのに少し邪魔だ」

そうかい、と僕はつぶやく。仕方がないから、歩き出した。とはいえまともにアンケートを集める気にもなれない。教室で眠っていようか。

「安達って子は、結局なにがしたいんだ？」

と一〇〇万回生きた猫が言う。

僕は足を止める。

「知らないよ。彼女には、目的があるのかな」

「どういう意味だ？」

「どんな意味でもないよ。ため息と同じだ」

「ため息には意味があるだろう？」

「僕のにはない。ただのポーズだ」

さよなら、と僕は言う。

さよなら、と一〇〇万回生きた猫は応える。

安達は僕に似ているのだと言った。その通りかもしれない。夜空に星をみつけられなかった僕が、もしいたとしたら、いったいなにを目的に生きるだろう？

そう考えてみたけれど、わかるはずもない。わかりたくもなかった。

階段を下りて廊下に出ると、佐々岡に声をかけられた。

「もう五人ぶんも集まったぜ」

と彼は楽しげだ。学校内を回って人々から情報を集めるというのは、彼の好きなロールプレイングゲームじみてはいる。

「お前は？」

「まだふたり」

しかも一方は猫を自称する青年で、もう一方は僕自身だ。おいおい、と佐々岡は笑う。

「もうちょっと真面目にやれよ」

「じゃあ三人目は君にしよう」

「まじで？　いいぜ。なんでも聞いてくれ」

「じゃあ、プレゼントを贈る予定だった相手は？」

「大地だな。知ってるだろ？　けっこう悩んだけど、オセロにした」

「名前も知らない女の子にヴァイオリンの弦じゃないの？」

「それは謎のヒーローが贈ったことになっている」

「なってないよ。関係者はみんな知ってる」

僕は小さなため息をつく。もちろん、意味のないポーズだ。

「どちらかっていうと、女の子への贈り物の方がデータとして有用そうだけどね」

というか、大地への贈り物というのが、この島では特例すぎる。小学二年生の少年なんて彼しかいないのだから。

「そういえば、大人の女性には贈る予定だった」

「へぇ。だれ？」

「母親だよ」

彼は息を吐き出して、笑う。諦めたような、悲しげな笑い方だった。

「普段はできるだけ考えないようにしてるんだ。でもさ、やっぱり心配してるだろ？　急にいなくなって、もう何か月もそのままなんだからさ。お前も家族に、なにか贈ろうとしたんじゃないか？」

階段島から、島の外へは連絡が取れない。

携帯電話の電波も届かないし、固定電話で繋がるのは島の中だけだ。郵便局もこの島しかフォローしていない。PCからメールを送ることもできない。でも、島の外から外へなら、それを咎めるルールはない。

通販というのは便利なものだ。たとえば届け先を自宅にしていれば、自宅にプレゼントを送り届けることができる。中にはメッセージカードを添えられるものもある。メッセージは届いていないのではないか、というのが通説ではある。だって返事がこないから。それでもクリスマスになれば、多くの人たちが家族に向けたプレゼントを手配することは想像に難くない。

――これが、安達が提案した記事の問題点だ。

だってそうだろう？　島の中の大勢が、外にいる両親だとか、兄弟だとか、恋人だとか。本当に親しかったそういう人たちにプレゼントを贈るように手配して。なのに一方的に、通販は使えなくなりましたという連絡が届いてキャンセルされて。

いったい誰が、そんなデータをみたがる？　そんなデータになんの意味がある？　ただただ階段島への、魔女への不満が溜まるばかりだ。一見、とてもそうはみえない。巧妙に隠されている。でもこの記事は、紛れもなく魔女への糾弾だ。遠回りなようにみえて直接的に、安達は堀を追い詰めようとしている。

だからこの記事は明日消える。僕が今日のぶんのデータをまとめてトクメ先生に提出すれば取りやめにならざるを得ない。ここまでは既定路線だ。僕にとっても、おそらくは安達にとっても。

それでも彼女は、この調査を始めることを選んだ。

安達はきっと、新聞なんてどうでもいいんだ。堀が苦しむデータが欲しいだけなんだ。まずは僕たちに、魔女の欺瞞を証明するデータを与えたがっているだけなんだ。

どんな構造で階段島に通販の荷物が届くのか、僕は知らない。でもおそらくそれも魔女が、つまりは堀が管理しているのだろう。きっと魔女はこの島においてほとんど万能で、その気になれば僕たちが欲しがっているものをアマゾンの箱ごと作り出して、島の外から運ばれてきたふりをして分け与えられるのだろう。実際に通販の企業と密約を交わし、国家に知られないまま物品を外の世界から運び込んでいるよりはまだしも可能性が高い。

だとすれば堀だけは、階段島の通販の注文にすべて目を通しているはずだ。そして島の外に宛てられたプレゼントは、黙殺している可能性が高い。魔女が万能でいられるのは、おそらくこの島の中だけなのだから。

「いったい、なにを贈る予定だったの？」

と僕は尋ねる。

「傘だよ」

と佐々岡は答える。

「明るい色の、チェックのデザインにした。遮光生地で日傘にもなる奴だ。うちの母さんは、オレたちの持ち物にはうるさいくせに、自分のには無頓着でさ。高いもんでもないのに、前に折れた傘を直して使ってて、恰好悪かったんだ。雨が降ると、なんだかそれを思い出すんだ。ここにいれば、たまにはバイトもするから、自由になる金が増えるだろ？　だから一本、まともなのを買ってやろうと思ったんだ」

傘は素敵なプレゼントだ。素敵なプレゼントだと思う。雨が降る日が少しでも幸せになるのなら、そんなにも価値がある贈り物はそうそうない。

「プレゼントは贈れた？」

と僕は尋ねる。

「いや。贈れなかったよ」

と彼は答える。

僕はなんだか泣きたいような気分になる。

佐々岡のことじゃない。彼の母親のことでもない。魔女のことばかり考えていた。優しいプレゼントが、楽しいプレゼントが、温かいプレゼントが何百も、場合によっては何千も。クリスマスという幸せな日にまとまって、送り届けて欲しいと依頼されて、そのすべてに見て見ぬふりをしなければならないなら、どれほど胸が痛いだろう。彼女はこの島でなら万能でいられるのに。誰のどんな望みだって叶えてあげられるのに。一本の傘を母親に届けることはできなくて、毎日たくさんのそんな連絡が届いて、すべてのプレゼントが持つ意味をきっと彼女は感じているのに、どうしようもなくて。そんなの目を背けたくなっても、仕方がないじゃないか。

安達はそれをまた、堀に突きつけようとしている。魔女の不幸を証明するために。なんてつまらないことを考えるんだ。なんて。

「ありがとう。よくわかったよ」

と僕は言う。

しばらく黙り込んで、それから佐々岡は強引な笑みを浮かべる。

「真辺ってさ、よくわからない奴だけど、本気でこの島から出るつもりみたいじゃん。オレ、けっこう応援してるんだ」

知っている。彼女はいつだって正しいんだ。理想を捨てはしないんだ。

でもそれは時に苦しい。

僕たちが目を逸らす苦痛を、彼女はあのまっすぐな瞳でみつめる。

＊

教室に置いたままだった鞄を回収して、そろそろ帰ろうとしたときに、廊下の向こうから歩いてくるトクメ先生をみつけた。彼女は今日、校舎の鍵を閉める当番で、それでわざわざまた階段を上って戻ってきたらしい。

僕は先生と少し話をしたいと言った。施錠の時間までまだ一五分ほどあるそうだ。それまででしたらかまいませんよと彼女は答えた。だから佐々岡には先に寮に帰ってもらって、僕たちは校舎の屋上に上った。別にどこでもよかったのだけど、空がみえるところで話をするのは、わりと好きだ。

屋上にはまだ、一〇〇万回生きた猫がいた。僕は「ここを使っていい？」と尋ねた。彼は「好きにすればいい」と答えた。僕たちが話したのはそれだけで、あとは手を振って別れた。彼の足音が階段を下っていくのが、かすかに聞こえた。

日暮れは遅くなりつつあったが、まだ夜が長い時期だ。すでに夕焼けの時間は終わり、空を深海のような、生れたての夜が覆っていた。しっとりとした濃紺色に、ぽつりぽつりと気の早い星が浮かんでいる。陽の光の残滓が完全に消えれば、満天の星空がみえそうな夜だった。僕とトクメ先生はフェンスの前に並んで、その空を眺めていた。

「どうしてナドくんに、ここを使う許可を取ったのですか」

とトクメ先生は言う。ナドというのは、一〇〇万回生きた猫のことだ。彼は相手によって名前を使い分けるから、彼がいないところでは「ナド」と呼ばれる。

「いけませんでしたか?」

「いいえ。でもなんだか不思議です。屋上は、彼のものではありません」

「たしかに。彼がなにか、具体的な権利を持っているわけではありません」

「でも貴方はここを、彼の場所として扱う」

「そうしたいんです。そうした方が、この島には向いていると思うんです」

階段島は、捨てられた人たちの居場所だ。なら島の中でくらい、僕は誰かの居場所を丁寧に扱いたい。一〇〇万回生きた猫が階段島に捨てられて、ほかにはどこにもいられなくて、そしてこの屋上に辿り着いたのだとすれば、やっぱりここは彼の場所であって欲しい。たしかに彼は、屋上が自分の場所だと主張する権利を持っていない。でも周りのみんながここを彼の場所だと認めることはできるはずで、そんな風なら僕は嬉しい。

トクメ先生と、話したいことがあった。

「大地のことを、どう思いますか？」

先生はじっと青みがかった夜景をみている。

「優しい子ですね。それほど話はしていませんが、きっと、とても優しい子なんでしょう。そして過剰に優しい子は、みていると悲しくなります」

「どうして悲しくなるんでしょう？」

「想像だけで優しくなれる子なんて、いませんよ。彼には優しくなるだけの経験があるのだと思います」

「大地は母親に愛されていない子供です」

トクメ先生は、しばらく口をつぐんだ。そのあいだ、甲高く、短く鳴く鳥の声が何度か聞こえた。ブザーのような声だった。この冷たい冬の夜の、いったいどこに鳥がいるんだろう？　探してみたけれど、その姿はみつからない。

「どれくらい、愛されていないんですか？」

「わかりません。何度も話を聞きましたが、はっきりしません。大地は母親を庇っているようにも思えます」

その先を続けるべきか、ほんの短い時間迷って、僕は言う。

「少なくとも、大地はこの島にやってくるくらいには、母親に愛されない子でした」

「つまり彼は、母親に捨てられてここに来た、ということですか？」

「さあ。そうかもしれません」

僕は嘘をついた。階段島にやってくるのは、自分自身に捨てられた人格ばかりだ。トクメ先生はどうやら、そのことを知らないようだった。

「もし先生が、島の外で大地に会っていたなら、彼を助けることができましたか？」

「難しいですね。私にできることは限られています」

「たとえば？」

「一般的には、児童相談所に連絡することになるでしょう。あるいは彼が通う小学校に連絡を取り、担任の先生とお話しすることもできます。担任であれば家庭訪問なども可能ですし、それを私がお手伝いすることもできます」

「先生は大地を、助けようとしてくれますか？」

「もちろん。子供が健やかに育つ手伝いをするのは、大人の義務です。とても当たり前に、優先されるべき義務です」

この人はどうして仮面を被っているんだろう、と不思議になることがある。僕が聞いた話では、以前彼女の学校で問題が起こり、それから素顔で教壇に立つことができなくなってしまったらしい。でも詳しい事情は知らない。

もちろん僕はこれまで、トクメ先生の事情を詳しく尋ねたことがない。彼女には彼女の苦しみがあり、そしてその苦しみを階段島に捨てたのだ。屋上が一〇〇万回生きた猫の居場所であるように、白い仮面の下が先生の居場所なのだろう。だから僕はそこに踏み込みたいとは思わない。

でも、今日は尋ねる。

「先生は大地のために、その仮面を外すことができますか？」

「そうすることが、必要ですか？」

「仮定の話です。もし必要だったなら、という話です」

「できますよ。できなければなりません」

彼女がそう答えることはわかっていた。でも、島の外の彼女はどうなのだろう？　いったいトクメ先生は、自分の、どんな部分を捨てたのだろう？

「どうして先生が仮面を被るようになったのか、教えてもらえませんか？」

「いろんなことがあったんですよ。詳しく話したいとは思えません」

「大地になら、話せますか？」

「余計に話せません」

「でも、大地からは話を聞く必要があります。先生が話したくないのと同じようなことを、彼には尋ねないといけません」

トクメ先生は仮面の下の、白く細い顎に手を当てた。少しうつむいて、それで表情のない仮面に影ができて、悲しんでいるようにもみえた。

「よくわかりませんね。つまり貴方は、なにが言いたいのですか？」

言いたいことなんて、なにもない。

ただ言うべきことがあるだけだ。本当に正しいのかわからないけれど、それでも進もうとしている方向があるだけだ。

「階段島にいる人々は、どうして、誰によって捨てられたのか」

もし安達がこの案を出していたなら、当然、トクメ先生は首を横に振っただろう。だってこんなことを暴き立てても、誰も幸せにならないから。それを僕は口にする。

「先生は答えを知っていますか？」

「いいえ」

「僕は知っています」

現実にいる大地の状況を改善するために、向こうのトクメ先生を仲間に引き込む。やはりこれが、現状ではいちばん有効な方法だと僕は思う。だから仮面の下に逃げ込んだ先生に、僕はこんな話をしなければならない。

「僕は、僕自身によって捨てられました。先生を捨てたのも、おそらく先生です。僕たちは現実に生きる僕たちによって、いらないと判断されて、この島にやってきました」

トクメ先生は長いあいだ、沈黙していた。これだけで説明が充分だなんてとても思えなかったけれど、僕はトクメ先生の言葉を待っていた。彼女は首を傾げる。

「上手く飲み込めません。どういう意味ですか？」

「そのままです。先生は生徒に対する恐怖心を捨てたのかもしれないし、反対に生徒への愛情を捨てたのかもしれません。まったく別のものなのかもしれません。とにかく現実の先生には、いらないものがあったんです。重たくて、いつまでも抱えていられなくて、どこかで下ろさないといけない荷物があったんです。それが、貴女です」

「理解できませんね。あまりに、現実味がありません」

「当たり前じゃないですか。僕たちは階段島にいるんですよ。魔女が支配する不可思議な島にいるんです。真相に現実味なんてものが、あるわけないじゃないですか」

「それで？　貴方の言う通りだったとして、私になにをさせたいのですか？」

「一緒に階段を上りましょう」

僕は先生に向き直る。彼女は階段の下の街並みを眺めている。暗がりの中の家々は、墓石のように寒々としてみえる。でもその中身の方が、まばゆく輝く月よりずっと温かいことを知っている。

僕たちは階段を上ることを諦め、その下で幸せに暮らしている。そんな日常が、いつまでも続けばよかった。でも大地はここにいてはいけない。だから僕たちは、変わることが求められてしまった。そんなことまで安達の計画の通りではないだろうかという気がする。僕も真辺も、大地のことも。みんな彼女が階段島を壊すために用意したピースなのではないか？

だとしたら僕は、初めから負けている。階段島で真辺由宇に出会い、その夜に大地に出会ったあの日から、僕は安達の計画の歯車に取り込まれている。僕は自分の頭で考えて、どうしようもない中でも最良を選び続けているつもりだけど、その最良は安達が引いたレールから外れない。

「魔女に会うつもりですか？」

と先生は言う。

僕は首を振る。

「階段を上っても、魔女には会えません。でも、現実にいる僕たちになら会えます」

胸の中で唱えていた。

——僕は嫌いなものから、もっとも効率的に目を逸らす。

安達の思惑も、トクメ先生の感情も今は忘れる。僕は嫌いなものから逃げ出すための、いちばん効率的な方法を探す。

4　真辺　同日

まだ日が暮れる前のことだ。

教室で記事の内容を決めたすぐ後に、真辺由宇は教室を出て、長い階段を下った。大地と、安達と、水谷《みずたに》と、それからトクメ先生も一緒だった。

真辺は大地と手を繋いで階段をおりた。彼は一段ずつ、丁寧に確認するように階段を下っていった。その姿は可愛らしいけれど、やっぱり毎日のように、ここを行き来させるわけにはいかない。もし足を踏み外したら大変だ。

階段を下るあいだ、四人はそれぞれ、順番に記事のためのアンケートに答えた。水谷のプレゼントリストはとても長くて、それだけで階段の半分は消費した。彼女に比べれば真辺のリストは極めてささやかなものだった。大地の方がまだ長かったくらいだ。トクメ先生は誰にもクリスマスプレゼントを贈らなかったという。

普段よりは少し時間をかけて階段を下り、地面を踏んだときに水谷が言った。

「さて、どこに向かいますか？」

真辺は行きたいところがあった。大地がいなければ、ひとりでもそこに向かっていた。

「堀さんのお見舞いに行きたい。取材をする相手は、誰でもいいんでしょ？」

水谷は眉間に皺を寄せる。

「それはかまいませんが、体調が悪いのであれば押し掛けると迷惑になります」

「そう悪くはないみたいだよ」

「どうしてわかるんですか？」

「昨日もお見舞いに行ったから。堀さんの寮の管理人さんから聞いた」

最後尾から、安達が言う。

「いいと思うよ、行こう。堀さんも部員のひとりなんだからさ、初日から放っておくのは気が進まなかったんだ」

そういうことになった。

コモリコーポを目指す。階段さえ下ってしまえば、寮は密集しているのですぐそこだ。手ぶらは嫌だと水谷が言って、行きがけに雑貨屋でプリンを買った。この雑貨屋はコンビニエンスストアを名乗っていて、実際に品揃えもコンビニとそう変わらない。ただ夜は早めに店を閉めるし、フード類には少し弱い印象がある。

コモリコーポの呼び鈴を鳴らすと、昨日と同じ管理人が顔を出した。表情まで同じように笑っている。彼女は言った。

「おや。本当に来たのね。今日は可愛い男の子まで」

大地は顔を赤らめて、小さな声で「こんにちは」と挨拶した。

横から水谷が、「皆さんでどうぞ」とプリンを差し出す。「毎日悪いわね」と答えて管理人がそれを受け取る。

「ふたつ、お願いがあります」

と真辺は言った。

管理人は首を傾げる。

「あの子のお見舞いじゃないの？」

「それがひとつ目です。ふたつ目は、新聞部の取材です」

「へぇ。貴女たち、新聞部なの？」

「今日から始めました。簡単な質問に答えていただけませんか？」

「そりゃかまわないけど」

「では、お願いします」

真辺は軽く、大地の背中を押す。彼のための部活動なのだから、やっぱり取材は彼が中心になるべきだ。大地は緊張した面持ちで、安達が用意した資料を握り締めている。

彼の質問が始まる前に、真辺は尋ねた。

「中に入ってもかまいませんか？」

管理人は頷く。

「部屋の前までよ。ドアは、あの子が許可を出すまで開けちゃだめ」

「わかりました。何号室ですか？」

「二〇一号。二階の、階段を上ってすぐだよ」

「ありがとうございます」

頭を下げて、真辺は管理人の隣を抜ける。後ろから安達もついてきた。水谷は、少し迷ったようだったけれど、大地の隣から動かない。トクメ先生は仮面の下の唇でほほ笑んで、彼の様子をみつめている。

去年のクリスマス、だれかにプレゼントを送りましたか？　と大地が質問を始めた。良い声だ、と真辺は思う。少し小さいけれど、はっきりと聞こえる。澄んだ声だ。緊張して固くなっているのも、誠実な感じがして良い。もう少し聞いていたい気もした。でも真辺は廊下を進んで、階段に足をかけた。


二〇一号室のドアをノックしても、返事は聞こえなかった。

真辺は目の前のドアをみつめる。それは寡黙だが、柔らかな木でできていて温かみがある。針葉樹か広葉樹、どちらかの木が柔らかいと聞いたことがあった。あれはどちらだっただろう？　ほんの一瞬、そんなことを考えて、もう一度ノックする。今度は返事を待たずに言った。

「堀さん、こんにちは。真辺です。顔を合わせて話をしたいんだけど、いい？」

返事を待つ。沈黙は重たく感じて、あまり得意ではない。もう一度口を開きたくなるのをじっと堪えていた。安達の様子を確認すると、彼女は素知らぬ顔で、後ろの壁にもたれかかってスマートフォンを覗き込んでいる。

やがてドアの向こうから、ほんの小さな物音が聞こえた。よかった。堀はきちんと、この中にいるようだ。さらに根気強く待つと、ようやく彼女の声を聞けた。

「なんの、用ですか？」

粉雪のような、触れれば消えてなくなりそうな、小さな声だ。

真辺はドアに片耳を押し当てる。温かな無垢の木材で頬を潰したまま声をかける。

「今日から新聞部の活動が始まったんだよ。だから、迎えに来た」

いや、それだけではない。そんなことが理由ではない。

昨日この寮を訪ねたとき、今日もここにくることが決まった。管理人から聞いた言葉が理由だった。

「堀さんは、誰にも会いたくないって言ったんだよね？　そう聞いたよ。でも、私は嘘だと思う。根拠はない。でもその言葉は、貴女のイメージに合わない。だから私は、貴女に会わないといけないと思った」

真辺からみた堀は、無口な少女だ。

でも人との繋がりを拒絶する少女ではない。むしろ反対だ。堀は人の言葉を、とても丁寧に聞いている。自分から喋ることが少ないぶん、相手の言葉を丁寧に扱う。

「どうして、誰にも会いたくないの？　理由を教えて」

真辺は息を潜めて堀の言葉を待つ。じっとドアに耳を押し当てていると、そこが熱くなってくる。やがて堀の声が聞こえる。

「理由に、なんの意味があるの？」

そんなの決まっている。

「理由がわからなければ、問題を解決できないよ。いつだってそれを知ることが一歩目だよ」

「私の問題は、解決できない」

「解決できない問題なんてない。まだ解決方法がみつかっていない問題があるだけだよ」

「違う」

泣き声のような、掠れて苦しそうな声で堀は言う。

「みつけてはいけない問題だって、あるよ」

聞いているだけで胸が痛くなるような声だ。赤い血がどくどくと流れる傷口のような声だ。受け入れなければならない痛みもあるのだと、真辺は思う。肉体の痛みは避けた方がいいけれど、胸が痛いのからは目をそらしてはいけない。それは自分の一部が血を流していることだから。目を逸らして、痛みを忘れると、自分の一部さえ失ってしまうだろう。

「すべての問題は、暴かれるべきだよ。正面から向き合って、正していくべきだよ」

問題という言葉が好きだ。障害を、問と題とで表しているところが好きだ。そこには解決を目指す意志がある。問いかけられたテーマには答えをみつけなければならない。

これまでより少し大きな、取りようによっては攻撃的に聞こえる声で堀は言う。

「私は、幸せです」

真辺には話の繋がりがわからなかった。

でも彼女の言葉が嘘だということはわかった。誰にも会いたくないと言って、部屋に閉じこもる堀は幸せじゃない。幸せには色々な形があっていい。でもこれまでみてきた堀はそうじゃない。彼女は丁寧に人の話を聞く。週末に長い手紙を書く。真辺由宇は言葉よりも行動を判断の基準にする。

堀は続ける。

「私は、幸福でなければならない。ほんの一時でも、不幸を証明されてはいけない。やっぱり真辺さんは危険だ。貴女は私の不幸を証明する。貴女だけが、それをできる」

意味がわからない。前後の繋がりがない。でも、無意味な言葉だとも思えなかった。

堀は今、自分の感情を言葉にしている。ならそれを受け取らなければならない。思考しろ、と真辺は自分に言い聞かせる。

——私が、堀さんの不幸を証明する。

彼女の不幸とはなんだ？

背後から不意に、笑い声が聞こえた。笑っているのは安達だった。彼女はスマートフォンを右手に握ったまま、真辺の隣に歩み寄る。

「思いのほか、脆かったね。いや、こんなものかな。七年間も自分に嘘をつき続けて、まともでいられるわけがないものね」

安達は開かないドアを睨んでいる。口元は笑ったまま、目つきは冷たい。その矛盾した表情は、真辺には、泣き顔に似てみえた。

「疲れたでしょう？　もう終わりにしようよ。貴女よりも——」

だが、彼女の声は、電子音に遮られた。

一定のリズムで鳴る、着信の音だ。久しぶりに聞いた。だって階段島では、携帯電話の電波は入らないのだから。その音は安達のスマートフォンから聞こえていた。

息を吐き出して、安達が応答する。

相手の声は聞こえなかった。安達の声だけが聞こえた。

「久しぶり。待ってたよ。でもひどいタイミングだ」

ほんの短い会話のあとで、安達は電話の向こうの相手に「わかった」と答えた。それからスマートフォンをこちらに差し出す。

「貴女に代われってさ」

受け取って、真辺は尋ねる。

「だれ？」

「声を聞けばわかるんじゃないかな。たぶんね」

ともかく真辺は、スマートフォンを耳に当てる。真辺です、と名乗った。

「やあ」

聞こえてきたのは、聞きなれた声だった。ひと言でわかる。言葉でなくても、聞こえたのがため息だったとしても、相手を間違えなかっただろう。

「七草？　どうして」

「君と少し、話をしたかったんだよ」

そういうことではない。電波がないはずの階段島で、どうして彼は安達に電話をかけることができたのだろう？　わからなかったが、今は、そんなこと重要ではない。

「堀さんと話をしているところなの。急ぎの用じゃなければ、後にして欲しい」

「急いではないよ。でも、聞いておいた方がいいと思う。ずっと君が知りたがっていたことだからね」

間違いない。これは、七草の声だ。でも違和感があった。

なにが違うのかといえば答えられない。なにかが違うとしか言えない。電話越しに彼の声を聞くのがずいぶん久しぶりだからだろうか。なんだか温度を感じない。彼の声は、温かいことも冷たいこともあるけれど、こんなにも無機質に響くだろうか。

七草の声は言った。

「魔女の正体は、堀だ。彼女がこの島を支配している」

本当に？　と訊き返しはしなかった。もっと大きな疑問があって、そちらを尋ねる。

「どうして、話してくれる気になったの？」

「答えようのないことを、君は平気で尋ねるね」

七草の声が笑う。その笑い方も、やはり彼とは違って聞こえる。そっくりだけど別物だ。その違和感が気持ち悪くて、これが現実の出来事なのかわからなくなる。

言葉まで笑うように、彼は続ける。

「僕は信じ続けるんだよ。どんなときでも、たったひとつだけ綺麗なものを信じ続けなければならない。信じているから味方でいるし、信じているから敵にもなる。信じられなくなったとき、僕はここにいる意味を失くす」

わけがわからない。そして、七草が言いそうもない言葉だった。

「貴方は、だれ？」

と真辺は尋ねる。

「僕は七草だ」

と声が答える。

「誰よりも、僕が七草だ。彼みたいに極端に振り切れてはいない七草だ。僕は――」

なぜだろう、真辺はその声を聞いていたくなかった。なんだかとても気持ちが悪い。七草の声を聞きたくないと感じたのは初めてだ。いや、彼に限らない。相手が誰であれ声そのものを拒絶したいと感じた記憶なんかない。

意識もせず、真辺は息を吸う。彼の言葉を遮るために。だが、声は出ない。理性だか、本能だか知らないが、ともかく胸の中のなにかが真辺の声をせき止める。

言葉から逃げてはならない。どんな声であれ、受け止めなければならない。発言を拒絶することは、真辺のすべてが許さない。吸った息をそのまま吐いた。

七草の声は言った。

「僕は、彼よりもずっと人間で、だから壊れてしまったんだよ」

その声は熱を持っていて、ざらついた泣き声のようで、無性に悲しくなる。この場にいる誰もが泣いているようだった。真辺まで悔しさに似た感情で、涙が滲む。

気がつけば通話が切れていた。妙に身体が重たくて、真辺は腕をだらりと下ろした。気を抜くと手にしたスマートフォンを落としてしまいそうだった。

安達がドアノブをつかみ、躊躇いのない動作でそれを回す。彼女は堀の部屋を覗き込んで、つぶやいた。

「逃げられちゃったね」

そこに、堀はいなかった。カーテンの引かれた、無人の部屋があるだけだった。

＊

寮の前に立っていた。七草に会うためだ。

太陽が西の空に、真下に落ちていく。空がころころと色を変える。白みがかった黄色から深い赤へ、それから青へ。夕陽は空気を染めないようだと真辺は気づいた。でも夕暮れの後の青は、空気まで染める。

あの電話はなんだったのだろう？　あれは間違いなく七草の声だった。でも真辺がよく知っている彼ではない。なにかがずれていた。いったい、なにが起っていたのだろう。考えていると、エンジンの音が聞こえた。

一台のカブが、大通りからこの寮がある小道へと入ってくる。歩くのとそう変わらない、ゆっくりとした速度だ。カブは真辺の隣で停まる。ヘルメットを被った頭がくるりとこちらを向いて、言った。

「こんばんは、マナちゃん。久しぶりだね」

郵便局員の時任《ときとう》だ。

真辺は応える。

「こんばんは。お手紙ですか？」

「ううん。今日のお仕事はもうお終い。ちょっとマナちゃんとお話ししたくなってね。時間、ある？」

「七草を待っています」

「わざわざ外で？」

「はい」

胸がざわめいていた。あの電話が理由だ、と真辺は思う。いつもの七草の声を、早く聞きたかった。

「じゃ、ここでいいよ。ナナくんが帰ってくるまで、時間を潰すのにつき合おう」

時任はカブのエンジンを切り、真辺の隣に立った。ヘルメットを被ったままナツメ荘の壁に背を預けて、もう夕日の赤が消えつつある空を見上げる。

真辺は時任の言葉を待った。でも彼女は口を開く様子がなかった。だから、真辺の方から尋ねる。

「なにかお話があるんじゃないんですか？」

空を見上げたままで、彼女は答える。

「どうしたものかな、と思っててね。相談っていうのとも違う。愚痴に近いものなんだけど、話す相手がいないんだよ。マナちゃんが聞いてくれる？」

「もちろん」

「ありがと」

時任は表情を変えないまま、話し始める。

「古い友達がいてね。ま、いい子だよ。とても優しい子なんだ。その友達は今、ちょっと困ったことになっている。どんな事情があるのかは、ここでは説明しない。無意味なことだから」

「それで？」

「私たちは友達なんだけど、でも互いに干渉することはなかった。休日に揃って遊びにいくこともないし、一緒にランチをしながら雑談することもない。日々の不満を相談し合ったりもしない。別々に生活していて、まったくの他人みたいで、けれど友達なんだ。そういうのってわかる？」

真辺は頷く。

「一時期、私と七草もそうだったのだと思います」

向こうはどう考えているのだかわからないけれど、真辺にとって、彼はずっと親しい友人であり続けた。中学二年生の夏休みに真辺が引っ越しをして、それから二年間一度も連絡を取り合わなかったけれど、そのあいだも真辺にとっての七草の意味が変わることはなかった。揺らぎも、薄らぎもしなかった。

「なるほどね」

と時任は笑う。

「その子には夢があるんだよ。ずっと昔から、厄介な夢がある。紛れもなく命がけで、その夢を追いかけている。どう思う？」

「素晴らしいことだと思います」

「そう？　そうかもね。でも、私の友達は夢を諦めたら幸せになれるんだよ。そんなことはわかりきってるんだ。誰の目からも明らかなんだ。夢を追いかけていることが、そのままその子の不幸なんだよ」

「わからないじゃないですか。いつか、夢が叶うかもしれません」

「そんなことは関係ないんだよ。叶っても、不幸なの。夢と幸福は同じものではないから。ほんの幼い、現実をなにも知らなかったころにみた幻想でしかないんだから」

そんなことがあるだろうか？

夢が叶って、幸せになれないなんてことがあるだろうか？

「時任さんは、その友達に夢を諦めさせたいんですか？」

「そこが難しいところでね」

彼女はヘルメットを被った頭を、重たげにこちらに振った。

「悲しいけれど、綺麗ではあるんだよ。彼が夢を追いかけている姿は」

彼、と時任は言った。そのことがなんだか、真辺には意外だった。わからないけれど、なぜそう考えたのか理由は説明できないけれど、時任の友人としてイメージしていたのは堀の姿だったから。

「ねぇ、マナちゃん。夢と幸福が矛盾したとき、どちらを追いかけるべきなの？」

それは。そんなのは、決まっている。真辺の中で、はっきりと答えが定義されている。でも息が詰まるような抵抗を覚えて、その抵抗を押し殺して、真辺は答える。

「私は、幸福だと思います。夢というのは、幸せを手に入れるための方法のひとつでしかないんだと思います」

人は大抵、達成されたときに自分が幸福になる目標を夢と呼ぶのだ。叶っても幸せになれない夢は、なにかを間違えている。目標の設定がおかしい。だからそんなもの、捨ててしまった方が良い。

「じゃあさ、マナちゃん。知ってるかな？　この島にはいくつも、いくつも、そういう夢が詰まっているんだよ」

ここは、捨てられた人たちの島だ。自分自身によって、不必要だと判断されて切り離された人格たちの島だ。たとえば幼いころに夢みた叶えようのない目標なんかが、放り込まれていく島だ。

「時任さんは、私たちが誰に捨てられたのか、知っているんですね？」

「知ってるよ。私はずっと、魔女と貴女たちをみてきたんだから」

彼女は感情を感じさせない声で、歌うように告げる。

「貴女たちは、どうなればいいんだろう？　本来なら消えてなくなるはずの貴女たちを集めて、魔女はなにがしたいんだろう？　きっと、身勝手に悲しんでいるだけなんだろうね。ごみ捨て場でみつけたぬいぐるみが可哀そうで、家に持って帰って、綺麗に洗って、ドライヤーをかけて、見た目だけはぴかぴかにして。捨てられたぬいぐるみをみつけるたびに悲しんで、いくつもいくつも集めて回るけれど、置き場がなくって押し入れに詰め込んで。ここはきっと、そういう島なんだろうね」

わからない。魔女が考えていることなんて。わからないから、会って話をしたい。

でも。

「魔女がやっていることは、無意味ではありません」

「へぇ。どうして？」

「ここに来たことは、希望だから」

階段島が嫌いだ。この島は気持ちが悪い。一方的に、過剰に守られている。自分で乗り越えなければならない苦痛から目を逸らしている。

それでも、ここにいることは、無意味じゃない。

こうして意思と感情を持っている限り、無意味であるはずがない。

「私は捨てられてここに来たんでしょう。いずれは消えてしまうのが正しいんでしょう。でも私は、私に会いました。私を捨てた私と話ができるなら、充分です」

たったひとつだけ。

「私に反論する権利があるなら、私は階段島のすべてを肯定できます」

それだけでいい。それさえあればいい。

自分を捨てた自分に、ふざけるなと叫べるなら。彼女を説得し、彼女に説得される機会さえ与えられるなら、ほかにはなにもいらない。

時任さんはヘルメットの顎紐に、撫でるように触れて、言った。

「貴女はどうして、そんなにも危ういんだろう。脆く崩れそうなままでいられるんだろう。いや、違うのか。そのままではいられなかったのか。だから貴女は、ここにいるんだね」

真辺はなぜ、自分自身に捨てられたのかわからない。わからないから、話をしたい。でもそれはとても個人的なことだ。ただ自分の納得を追い求めているだけだ。

「この話が、時任さんの友達のことと関係あるんですか？」

「どうだったかな。あるような気がするんだけどね」

時任は身震いをして、ナツメ荘の壁から背を離した。

「寒くなってきちゃった。そろそろ、行くよ」

「はい。さようなら」

彼女はカブに跨り、こちらに手を振った。真辺も手を振り返す。カブのエンジン音が遠ざかっていく。

いつの間にか、辺りはすっかり暗くなっていた。

真辺はコートのポケットに手を突っ込み、白い息を吐きながら、カブが走り去った先をみつめる。七草が姿を現すまで、じっとそうしていた。


時任が立ち去って、一五分ほど経ったころだ。

彼は背を丸めて、うつむいてこちらに歩いてきた。

「七草」

と真辺は声をかける。

彼は顔を上げた。

「どうしたの？」

「きみを待ってたんだよ」

「そ。寒くなかった？」

「寒いよ。でも、聞きたいことがあったから」

「次からは寮の中で待っててよ。うちの寮に電話を一本くれれば、こっちから会いに行ってもいい」

この七草は、いつも通りの七草だ。感情は読みづらい。でもその声は温かい。柔らかくても尖っていても、どちらであれ優しく聞こえる声だ。

じっと彼の目をみて、真辺は尋ねる。

「堀さんが、魔女なの？」

彼が驚いたのがわかる。それは微妙な変化だが、真辺にはわかる。こちらがわかったことを七草も知っていて、彼は言い訳のように微笑む。

「堀から聞いたの？」

「ううん。きみから聞いた」

「へぇ。なるほど」

彼は手袋をした手で、頬をごしごしとこすった。その手袋は、クリスマスに真辺が贈ったものではない。同じ日に水谷が贈ったものだ。彼は学校には、そちらの手袋をしていくことに決めているようだ。

「身体が冷えたでしょ？　それにもう夕食の時間だ。寮に戻った方がいい」

真辺は首を振る。

「あの七草は、誰だったの？」

「よく彼が、僕ではないって気づいたね」

「そりゃわかるよ。全然違うもの」

「どう違うの？」

「あの七草は――」

真辺は一度、口を閉じる。言葉を選んで、言った。

「あの七草は、諦めている」

七草はわずかに、眉を寄せる。

「諦めるのは僕の得意分野だと思っていたけどね」

「違うよ。きみは、本当に大事なことは諦めない」

「彼はなにを、諦めてるの？」

「わからない。でも、そう感じた」

七草だって悲しいことを言うけれど、彼のそれは違っていた。七草の諦め方と、彼の諦め方は真逆に思えた。七草は諦めて、進む。傍観者でいることを、非情であることを、利己的であることを諦めて、優しくなる。でも彼はそうではなかった。

「あの七草は、人間だから壊れてしまったんだと言った。あれはきみの言葉じゃない。言葉の繋げ方が七草じゃない。なんていうか――」

上手く、まとまらない。でも七草ならああは言わない。様々な点で、少しずつ七草からずれている。七草が本来嫌うものを受け入れ、受け入れるものを排除している。

ふいに目つきを鋭くして、七草は言った。

「彼が、そう言ったのか？　彼自身について？」

真辺は頷く。

「うん。言った」

七草はじっとこちらをみていた。でもその瞳が映しているのは私ではないのだと、真辺は気づいた。彼は考え込んでいる。時間を圧縮するように、ほんのひと息で遠い場所まで跳ぶ。

先ほどと同じ質問を、真辺はもう一度口にする。

「あの七草は、誰だったの？」

ゆっくりと、苦しげにみえる動作で、七草は首を振る。

「気にすることはないよ。たぶんね」

「どうして？」

「あいつは、壊れた黒だから。それでも彼は、僕だから」

七草は、なにを知っているんだろう？

彼は「寒い。帰ろう」とつぶやいて、真辺に背を向ける。真辺はその手をつかむ。なんだか彼が傷ついてるようにみえて、このまま別れてしまいたくなかった。

再び七草がこちらを向く。

その瞳にきちんと映りたくて、真辺は告げる。

「夢と幸せ」

どうしてその言葉を選んだのか、真辺にもわからない。でも、言い切った。

「どちらかしか選べないなら、どちらを選ぶべきだと思う？」

七草は戸惑ったような、不機嫌なときに似た表情を浮かべて、答える。

「そりゃもちろん、幸せだ」

真辺は彼の手を離した。彼は真辺がつかんでいた手袋に、ほんのわずかな時間だけ視線を落として、また上げて答えた。

「でも、そのふたつで悩んだなら、僕は夢の方を選ぶよ」

「どうして？」

「僕は幸せになりたいわけじゃない。でも不幸にはなりたくない。本当に大切な夢を諦めるのは不幸だ。幸せになれたとしても、不幸だ」

真剣な表情でそう言って、彼は笑う。楽しげな笑みだった。

「君は面白い質問をする」

「そう？」

「うん。僕の頭の中を覗いていたみたいだ」

そんなこと、できるはずがない。

「さっき、時任さんから聞いたの。だから私の質問じゃないよ」

「なるほど。でもタイミングがよかった。驚いた」

おやすみ、と手を振って、彼はまた真辺に背を向ける。今度は引き留めなかった。彼の笑顔をみて、少しだけ安心した。

ドアが閉る音を聞きながら、真辺は額を真上に向ける。空をみたわけじゃない。目を閉じていた。

ただ勢いで口にしただけの質問を、胸の中で繰り返す。夢と幸せ。どちらかを選ばなければならないなら？

――こんなもの、やっぱり設問として成立していない。

そもそも夢が幸せと、矛盾してはいけない。そんな夢がもし存在するなら、より良い夢に置き換える必要がある。

時任は誰のことを語ったのだろう？　わからない。なんとなく、あの七草にそっくりな声の主の話だったのではないかという気もする。

それから真辺はまた、堀のことを考えた。幸せでいなければならないから、不幸を証明してはいけないのだと彼女は言った。それも同じようなことだ。別だけど、同質のものだ。

不幸を証明できてしまうなら、それはもう幸せではない。片脇に不幸を抱えていながら、目を逸らして幸福だと言い張るのは間違っている。直視することを拒否する幸せは偽物で、より良い幸せに置き換えられなければならない。

もう一度、堀に会おうと真辺は決める。魔女のことは別にして。いや、別にはできないのかもしれないけれど、それでも別にして。あくまでクラスメイトとして、彼女と話したいことがある。それはやはり魔女の話だし、階段島の話でもあるのだろう。でもなによりもまず堀の話でなければならない。

目を開く。強くまぶたを閉じていたからだろう、視界がぼやけている。月の光がずいぶん尖って、夜の闇を裂いていた。

こんなにも豪華な明かりはいらない。足元を照らす、豆電球ひとつでいい。みるべきものから目を逸らさないための光が、一筋あればそれでいい。

三話、ただ純情で鋭利な声

I　七草　三月一〇日（水曜日）

　その日は朝から曇っていた。

　暗く重苦しい雲が空を覆って、今にも雨が降り出しそうだった。階段島《かいだんとう》に来て、空を見上げることが増えたように思う。この島には天気予報がない。

　昼休みになっても、雨はまだ降ってはいなかった。でも放課後までは持たないだろう。三月の雨なんてものが好きになれるはずもないけれど、学校からの帰り道に降る雨はいっそう嫌いだ。あの長い階段を、傘をさして下ると一歩ごとに陰鬱な気分になる。僕は廊下の窓から空を見上げて、小さなため息をついた。

「どうして、新聞の記事を変更しないといけないの？」

と安達《あだち》が言った。

彼女は僕の隣で、窓ガラスに背中を預けて、ジャムパンにかみついている。

新聞の記事は昨日、「クリスマスプレゼントの調査」で一度はまとまったけれど、今日になってトクメ先生からテーマを変えるようにとの指示が出た。僕がそうして欲しいと働きかけたのだ。今は部員のひとりひとりに、そのことを伝えて回っている。

「理由はわかってるでしょ？」

「階段島に蔓延する不満が、データになって現れるから」

「言い方に悪意があるね」

「七草《ななくさ》くんは、どんな言い方をするの？」

「記事を読んだ人が少しだけ悲しい気持ちになるから」

「それじゃ私とだいたい同じだよ」

安達は初めから、ここまで予想していたのだろう。あくまで僕たちにクリスマスプレゼントのことを調べさせるのが目的で、結果を記事にして公開することにはこだわっていない。

「七草くんだって、この島のクリスマスは悲しいものだったと思ってるでしょ？」

「悲しい側面もあった。もちろん、そうじゃない側面もあった」

「プレゼントを贈ろうとしたとき、大勢の人が島の外にいる誰かのことを考えたんだよ。それは魔女にはどうにもできないことで、やっぱりあの子は中途半端なんだよ」

彼女の指摘は的を射ている。堀《ほり》の弱点を正確に射貫いている。

あまりに真辺由宇《まなべゆう》的ではない質問を、僕は口にする。

「じゃあ、安達。もし君が魔女なら、もっと幸せなクリスマスを作れたの？」

迷いのない動作で彼女は頷く。

「みんな忘れさせればいいんだ。家族のことも、島の外の恋人のこともね」

「ずいぶん暴力的な話だ」

「他人の人生を切り取って、この島に閉じ込めるなら、そこまでやるべきだよ。七草くん風の言い方をするなら、幸せでなくても、不幸からは遠ざかれる」

まったくだ、と答えることもできた。確かに僕の考え方に似ていた。そして、だから、決して好きにはなれない考え方だった。

「君はどうして、魔法を手に入れたいの？」

と僕は尋ねた。

安達のことがわからない。彼女の考え方は、おおよそ理解できているのだと思う。前に安達が言った通り、彼女と僕は似ているところもあるのだと思う。でもどれだけ考えてみても、根本的なところがわからない。

安達の目的はなんだろう？

魔女から魔法を奪うこと。階段島の支配者になること。どちらも目的ではないはずだ。

魔法を手に入れてなにをするのか、島を支配してなにをするのか、まだみえない。

彼女は首を傾げる。

「この島の魔女に向いているのは、どんな人だと思う？」

僕の質問をはぐらかしたのかもしれないし、回りくどい方法で答えているのかもしれない。同じことを僕も考えたことがあったから、とくに迷いもせずに答える。

「二通りの考え方がある。ひとつ目は、本当に優しい人。ふたつ目は、本当に優しくない人」

「ひとつずつ説明してよ」

「階段島に捨てられた人たちにとって幸せなのは、魔女が優しいことだ。魔女にとって幸せなのは、住民への優しさなんかすべて忘れてしまうことだ」

「矛盾してるね」

「うん。まったく」

「それで堀さんがどうしたのか、七草くんにはわかるよね？」

わからない。でも、想像はできる。

「彼女は、本当に優しい魔女だよ」

「でも、完全な魔女ではなかった」

きっと、その通りなのだろう。

堀はこの島の住人たちを守って、尽くして、いちいち傷ついて。だからこの島を支配する魔女としては、完全ではないのだろう。

「君は完全な魔女になれるの？」

「どうかな。でも、あの子よりはね」

「魔女になって、この島をどうするつもりなの？」

「さあ。みんなを奴隷にしようかな」

安達は笑う。悲しげに続ける。

「ロボットみたいにね、みんなが私に仕えるんだよ。私が跪けと言ったら跪くし、歌えと言ったら歌う。息をするなと言ったら息をとめる。なにもかも思いのまま」

「そして君は、島でいちばんの嫌われ者になるの？」

「嫌われないよ。魔法があるんだから。私がどれだけ我儘を言っても、みんな私が大好きなんだよ」

「それなら、本当にロボットを作ればいい。独りきりロボットに囲まれて暮らせばいい」

「よくわかってるね」

安達は自然な動作で、手にしていたジャムパンをこちらに差し出した。

「いちばん魔女に向いているのは、独りきりを受け入れられる人間だよ」

僕は安達のことを考えていて、ふいを打たれて、ついジャムパンを受け取った。

「これは?」

「あげる。あんまり美味しくない」

「いらないよ」

「なら捨てといて」

安達はこちらに手を振って、どこかに歩いていく。

僕はしばらく迷ったけれど、ジャムパンをごみ箱に捨てる気にはなれなくて、仕方なくそれにかみついた。

＊

新聞記事の変更には、それぞれに思うところがあるようだった。

これは記事を変更する理由を説明できなかったことが原因だろう。クリスマスプレゼントの贈り先を調べてみると、島の外にいる相手に宛てているものばかりだったんです。もう会えない人にプレゼントを贈るのは寂しいですよね。しかも昨年は急に通販が使えなくなってしまって、そのプレゼントも贈れなかったんです。悲しいですよね。――なんて話を、僕もトクメ先生もできればしたくはなかった。

でも理由もなく止めろと言われて、真辺が納得するはずがない。佐々岡《ささおか》もどちらかといえば記事を変えるのは反対みたいだ。昨日の調査結果を捨てるのに抵抗があるのだろう。委員長は、学校の部活動なのだから先生の意見には従うべきだというスタンスを取っている。でも彼女も本心では気に入らない様子だった。僕は三人にそれぞれ別の口調で、今日も予定していた調査は中止だと告げた。

それから、大地《だいち》に電話をかけた。これがいちばん気の進まないことだった。大地は昨日、新聞部の活動を楽しんでいたのだ。夕食の時間には、誰からどんな話を聞いたのか丁寧に説明してくれた。それが無駄になると伝えるのは、やっぱりつらかった。

放課後になると僕は、屋上に向かった。

一〇〇万回生きた猫に会いたかったというよりは、静かなところでこれからのことを考えたかった。その意味では、彼の隣はうってつけだといえる。一〇〇万回生きた猫は、堀のように無口ではない。でも不思議と彼の声は思考の妨げにならない。

でも、屋上にいたのは、一〇〇万回生きた猫ではなかった。

そこには僕がいた。僕ではない僕が、フェンスにもたれかかっていた。

「やあ」

と、彼は言う。

「やあ」

と、僕は応える。

自分になんて会いたくもない。でも、まったく話すべきことがないわけでもない。

僕は尋ねる。

「どうして、ここにいるんだ？」

目の前の僕は、首を傾げてみせる。

「君が会いたがっているんじゃないかと思ってね」

「会いたくはなかったよ」

本当に気が進まないことを、彼は僕に押しつけた。そのことに気づいたのは昨夜だ。

真辺と話していて、ようやく思い当たった。

彼に背を向けたい衝動を無理やりに抑えつけて、僕は言った。

「でも、確認すべきことはある」

「なんだい？」

「去年のクリスマス、通販を止めたのは、君か？」

「わかってるだろ。僕にそんな力はない」

「でも、堀に頼むことはできた。言い出したのは君じゃないのか？」

「うん。その通り」

彼が頷いて、僕はため息をつく。

けっきょく、堀の不幸とはなんなのか、という話だ。それは去年のクリスマスに、すでに証明されていた。

「堀は強いね」

と僕は言う。

「とても強い」

と彼は答える。

考えてみれば違和感があった。

昨年のクリスマスシーズンに、なぜ島の通販が止まったのか。それはプレゼントリストのチェックが堀にとってつらいものだったからだ。彼女が優しければ優しいほど、島の外にいる愛しい人たちに宛てられたプレゼントのひとつひとつが、長いリストの一行一行が、鋭く彼女の心の陰った部分を刺すのだろう。

でも、だから彼女が通販を止めた、と考えるのは、違う。

堀はきっとその痛みから逃げない。彼女は自身のルールから、そう簡単に逃げられない。もしも簡単に逃げてしまえるなら、この島に安達を招いてはいないだろう。安達がこんなにも自由に振る舞うことを、許してはいないだろう。堀にかかった呪いはもっと強い。魔女は幸せによって呪われている。

僕は屋上の端まで歩き、フェンスに両手をついた。

「堀はこの島が自分にとっての幸せだと、信じているんだろうね。この島と僕たちを守ることが、幸せだって決めてしまったんだろうね」

もうひとりの僕が頷く。

「魔女なんてものがどうして生まれたのか、僕も知らない。でも、とにかくいるんだ。魔女は自由で、我儘で、幸福であることが義務づけられている。幸福であるあいだだけ、ふたつの魔法が遣える。ひとつ目は自分の世界を作る魔法だ」

「そして堀は、階段島を作った」

「彼女はこの世界において万能だ。なんだってできる。絶対的な支配者になれる」

「ふたつ目の魔法は?」

「他者の人格を奪い、自分の世界に持ち込める。気に入った人間ばかりを連れてきて、ここの住民にすることができる」

そのふたつの魔法が使えるなら、魔女は小規模な神さまのようなものだ。好き勝手に自分の世界を作って、好き勝手に人を連れ込んで、支配して。

彼は続ける。

「いろいろな魔女がいたそうだよ。善良で誠実な人たちばかりを選りすぐって集めて、彼らの欲望を暴くことを楽しみにする魔女がいた。どれだけ残酷な拷問を思いつけるのかに生涯をかける魔女がいた。親子や恋人を引き裂くのが好きな魔女がいて、どこまでもどこまでも無限に愛されたがる魔女がいた。反対にとにかく人々に嫌われようとする魔女がいた。無理難題を押しつけて困り顔を笑う魔女がいた。他人の人生を物語のように、ただ傍観している魔女がいた。魔女はなんだってできる。でも堀は、そのどれにもなりたくなかった」

そんなことは、この階段島をみていれば、わかる。

僕は答える。

「堀は善い魔女になろうとした」

彼は頷く。

「魔女は自然と我儘になる。他人をないがしろにしてでも自分の幸せを証明し続けなければ、別の魔女に魔法を奪われてしまう。だから堀は決めた。善い魔女でいることが、自分の我儘なのだと決めた。優しい魔法が自分の幸せなのだと決めた。彼女が魔女になって、もう七年たつ。七年間休まずに、それを言い張り続けてきた」

堀が作ろうとしたものは、捨てられた人たちの楽園だ。

いろんな人の弱さだとか、欠点だとか、夢だとか、理想だとか、あるいは優しさだとか。現実で生活する上で邪魔になる荷物を集めて、彼女は慈悲深く守っている。でも。

「でも堀の理想は、楽園に届かなかった」

その証明が、クリスマスプレゼントの調査だった。

彼は傷つきやすそうな表情で、笑う。

「ずっと頑張ってきたけれどね。やっぱり、そうだった。あの子はクリスマスの時期になると毎年、とても悲しい顔をするんだよ。みんなが島の外との、切り離された現実との繋がりをまだ求めていることを知らされるから。泣くこともできないのに感情だけを与えられた人形みたいに、悲しい顔をするんだ。それで彼女は、クリスマスの夜に雪を降らせる。少しでも綺麗なものをみんなにみせようとする。階段島において、魔女は万能だ。でも本心では島の外を求める彼らに対しては、なんて無力なんだろう」

僕は目を閉じて、深く息を吸った。

まぶたの奥の暗がりで、あの夜にみた、満天の星空に舞う雪を思い出した。

堀は綺麗だ。とても綺麗だ。

彼女はあんなにも、綺麗で強いのに。なのに。

「だから君の方が先に、音を上げたっていうのか？」

綺麗で強い堀をみているのがつらくて、それで。彼女の方がつらいはずなのに、先にギブアップしたのか。通販を止めるように、堀に指示を出して。あの悲しいリストから彼女を遠ざけて。そんなことでいったい、なにを守れるっていうんだ。

彼が首を振る。

「去年のクリスマスは、特別に悲惨だった。現実で安達が動いていたし、なによりもこの島に真辺由宇が現れたすぐあとだ。あの子は限界だった。僕はそれをみていられなかった」

僕はもうひとりの僕を睨みつける。

「だとしても。堀がどれだけ苦しんでいたとしても、君は彼女に目を背けさせてはいけなかった。自分の苦しみから逃げるためにルールを曲げるのは、彼女の理想じゃなかったはずだ。君は感情に負けて、堀が理想を追う邪魔をした」

いつか捨てた僕が、微笑む。

「僕は君とは違う。夢をみた星も、その星の追い方も違う」

わかっている。

いつだって、僕がみているのは真辺由宇だ。彼女であれば、と繰り返し考える。真辺であれば苦しくても、つらくても、血を流しても自分の理想から目を背けはしない。それが正しいと信じていたなら、僕がやめろと言ってもやめるはずがない。

だから僕たちは別人だ。同じ顔でも、同じ声でも、根本に抱えているものが違う。

「どうしても思い出せないんだよ。僕は、なにを捨てたんだ？」

僕は、嘘をついた。

ずっと昔、僕が捨てたものに、もう思い当たっていた。

彼は僕の質問には、答えなかった。

顔をそむけて――いや、屋上のドアをみて、言った。

「堀。おいで」

大きな声ではなかった。ほんの小声でつぶやいただけだった。でもその声は、堀に届くのだろう。堀は聞き逃さず、拒絶もしないのだろう。

やがて屋上のドアが開き、堀が姿を現す。

これまでにみたことのない表情をしていた。眉間に深く皺をよせて、今にも泣き出しそうだった。彼女に向かって、もうひとりの僕が言う。

「彼に、僕が知っていることをみんな教えてあげてよ」

堀は首を振る。消え入るような声で、「でも」とささやく。

もうひとりの僕が、彼女に歩み寄る。

「頼むよ。僕は君の、不幸になりたくない」

堀がぎゅっと、拳を握り締めた。ゆっくり彼女の顔が上がり、僕の方を向いた。その瞳には涙が溜まって、切なくても綺麗に輝いている。

彼女と目が合って、そこで、どうやら僕の意識は途切れたようだ。

2 七草 七年前

思い出すというよりは、追体験するような気持ちだった。

校庭、校舎、ペンキが剝げた鉄棒。あのころ僕は、逆上がりが好きだった。握ると手が鉄臭くなる。その臭いが、なんだか好きだった。

僕が堀に出会ったのは、小学三年生の夏から秋にかけての土曜日だ。

毎週彼女は校庭の片隅に立ち、注意深く周囲を見渡していた。天敵に備える臆病な草食動物みたいだった。あのときの堀は、泣いていたわけではないけれど、今にも泣き出しそうにみえた。表情の問題ではない。ほかの子たちがサッカーをしたり、野球をしたり、ドッジボールをしたり、お菓子を食べたり、たまに喧嘩をしたり。いろんな声が聞こえる校庭に独りきり立つ彼女は、冬の木に一枚だけ残された枯葉みたいに寂しげだった。

初めて彼女に気づいた日は、変わった子だなと思っただけだった。

でも次の週の土曜日にも、独りで立っている彼女をみつけて、声をかけてみた。僕たちは挨拶を交わした。こんにちは。こんにちは。僕はもう一言か二言、「なにをしているの？」といった質問をしたはずだ。けれど、よく覚えていない。おそらくそのときは、彼女はなにも答えてくれなかったのだと思う。

僕はそのころ、まだ堀のことをなにも知らなかった。彼女は背が高いから、少し年上だろうかと思った。僕は小学三年生の中でも特別に背が低かったから、すぐ近くで顔を合わせようとすると、くっと顎を持ち上げる必要があった。左目の下にある泣きぼくろが印象的で、それもまた彼女を寂しそうにみせた。

それから僕は、土曜日になると、堀に会うために校庭に行くようになった。彼女の隣で鉄棒をしていた。彼女もゆっくりと心を開いてくれたようで、ひと月ほど経ったとき、僕は初めて彼女が微笑む顔をみた。彼女に逆上がりの仕方を教えてあげて、初めてそれが上手くいった日だった。

堀はひと月かけてようやく、僕の質問に答えてくれた。

「いつもここで、なにをしてるの？」

と僕は尋ねた。

鉄棒をつかんだまま、彼女はこちらをみた。

「誰かがくるのを、待ってるんです」

よくわからない話だ。

「誰かって？」

「誰でもいいんだけど」

「じゃあ、僕がいるよ」

「そうじゃなくて」

困った様子で、彼女は眉間に皺を寄せた。

「貴方はなにか、捨てたいものがありますか？」

そのとき堀が待っていたのは、「自分の一部を捨てたがっている人」だった。彼女はインターネットの掲示板に書き込みをしたり、張り紙を用意したりして、毎週土曜日にこの校庭にいると伝えていた。堀は魔女で、魔法が使えて、人格を引き抜くことができる。でもそんなこと、もちろん誰も信じなかった。

堀はずいぶん時間をかけて——二週間か、三週間くらいかけて、丁寧にそのことを話してくれた。僕は彼女の話を疑いはしなかった。常識的に考えれば、魔女なんているはずがない。でも堀の声は切実で、誠実で、信じなければならないのだという気がした。

とはいえ、わからないこともあった。

「どうして君は、いらないものを欲しがってるの？」

だって、自分が捨てる自分なんて、役に立つとは思えない。怒りん坊だとか泣き虫だとかを拾い集めて、いったいなにをしようとしているのだろう？

「大事に取っておくんです」

と彼女は言った。

「重たくて捨てないといけないものを大事に取っておいて、いつかまた、それがいるときに返してあげるんです。大勢がそのままでもいいんです。ほんの少しの人が、また拾いにきてくれればいいんです。それはたぶん、善い魔法ですよね？」

堀は魔法を嫌っていた。

＊

魔女は我儘でいることが義務づけられている。なにもかもが思い通りになるだけの力を持っていて、そうするのが当然だと思っている。

それは呪いなのだと堀は言った。いつも幸福である呪い。すべてが手に入る呪い。あらゆる我儘が叶ってしまう呪い。だから、魔女は必然的に悪者になる。

堀が戦おうとしているのは、それだった。魔女の魔法を手にしたとき、すべての人が悪者になるわけではないのだということを証明するのが、彼女のたったひとつの目標だった。

自由に人の幸せを願って、我儘に捨てられた人格たちを守って、誰かのために魔法を使うことが心の底から幸福で。そんな善い魔女になることを、堀は決めていた。

それで彼女は、捨てられていく人格たちを守る世界を作ることにした。ごみ箱の中に楽園を作ることにした。

僕は彼女が、綺麗だと思った。とても綺麗だと思った。

なんだろう、よくわからないけれど、それはある星の話を、幼いころに父さんから聞いたときの感動に似ていた。夜空の向こうで激しく輝く、孤独な星の話だ。でも地球からは遠く離れていて、まともにみることもできない星の話だ。

想像もできないくらいに綺麗なものが、たしかに僕たちの頭上に存在する。僕はその光をみたかった。ただ間近で、輝いている星をみていたかった。その潔癖な光のためであれば、なにを犠牲にしても良いのだと思った。

だから僕は、自分を捨てることにした。

堀の傍にいるために、彼女の傍にいたいという思いを捨てた。

これでもずいぶん迷ったのだ。でも、堀の姿を初めてみかけてから二か月ほど経ったある土曜日から、僕は階段島で暮らし始めた。

＊

そのころ、正確には堀は魔女ではなかった。

魔女の世界は、別の女性によって支配されていた。詳しい事情は知らないけれど、堀は次の魔女の候補として、一時的に魔法を貸し与えられていたようだ。

当時の魔女の世界は今よりもずっと広く、発展していて、住人も多かった。高いビルがあり、大きな商業施設があり、電車まで走っていてアミューズメントパークなんかもあった。まるで現実と同じように、雑多でカラフルだった。

「魔女は、別の魔女から魔法を奪うことができます」

と堀は言った。

「どうやって？」

と僕は尋ねる。

「相手の魔女よりも、自分の方が幸せだと証明すればいいんです」

「そんなの、どうしたら証明になるの？」

「貴女よりも、私の方が幸せ」

「なに、それ？」

「今の魔女にそう宣言して、相手が納得すれば魔法は私のものになります」

なるほど。ルールは単純だ。

「でも、魔法が使える魔女よりも幸せになるのって、大変じゃない？」

相手はなんでもできるのだから。なんだって魔法で作ってしまえるのだから。

堀は首を振る。表情はなかった。

「魔女自身が、次の魔女を求めています」

「どうして？」

「なんでもできることに、飽きているから」

このとき堀が語った言葉はすべて真実だったし、それは当時の魔女をみればわかった。

彼女は飽きていた。

魔女は湖畔に建つ巨大な城の最上階の、無暗に広い部屋の大きなテレビの前で暮らしていた。まだ二〇歳くらいの女の人だ。Tシャツにジーンズのラフな格好で、ソファに寝転がってコーラを飲みながら、ポップコーンを食べていた。

部屋は暗い。窓には分厚いカーテンがひかれ、天井の豪華なシャンデリアにも光は灯っていない。光源はテレビの光だけだった。

堀に連れられて、僕たちが部屋に入ると彼女はポップコーンをこちらに差し出した。

「食べる?」

僕は堀と目を見合わせる。彼女は「好きにすれば?」といった様子で首を傾げてみせた。僕はポップコーンに手を伸ばす。

「ありがとうございます」

「美味しいよ。たぶんね」

そのポップコーンは、たしかに美味しかった。なんだか高級な味がした。普段食べているものとは、クッキーとビスケット程度には違う。

「なんかアメリカの高いやつなんだって」

と彼女は言う。

魔女とポップコーンは、あまり似つかわしくないような気がした。でもソファに寝転がって海外の高級ポップコーンをつまみながらテレビをみているというのは、贅沢のひとつの形ではあるのかもしれない。豪華客船でディナーショー、というほど特別な感じはしないけれど、すべての金持ちが毎夜、クルージングを楽しんでいるわけでもないはずだ。万能の魔女にしてみても同じだろう。

僕はテレビのモニターに目を向ける。

綺麗な街並みが映っていた。車椅子に乗った男性と、それを押す女性が真ん中にいる。ドラマのワンシーンじみてもいたが、画面の変化に乏しくて、それでホームムービーのような印象が強い。さらにいえば、その映像は倍速で進んでいた。

魔女が解説する。

「この車椅子の人はね、不治の病ってやつなんだよ。あと二、三年で死んじゃうんだってさ。女の子の方がその恋人で、もうすぐ結婚する予定がある。男の人はもう働けないし、家もそんな裕福なわけじゃないし、治療費なんかも大変なんだけどさ。それでも愛し合ってるらしいよ。でも女の子は、ほら、すごく可愛いでしょ？　だから最近、言い寄ってくるお金持ちの男が現れて、ってストーリー」

「ドラマですか？」

「ううん。現実。私はそういう人たちをみつけると、ここに連れてくるわけよ。現実で意識をすぽんと引き抜いて、まったく同じ肉体をこっちで用意して、ぽんと放り込む。コピーアンドペースト」

「あの人を治してあげるんですか？」

「どうして？」

「だって、治せるんでしょ？」

「そりゃね。この世界にいるあいだはね。でもさ、良いところで魔女が出てきて、問題を解決して、それでハッピーエンドなんて面白くないじゃない」

魔女はテーブルの上にあったリモコンを手に取り、チャンネルをザッピングする。

必死にバットを振る少年がいる。彼には才能があり、それ以上に多大な努力をしているけれど、プロ野球選手への道が開けそうになるタイミングで肩に重大な怪我を負うことが決まっている。眠る時間を惜しんで研究に没頭する女性がいる。彼女は価値の高い、人々の暮らしを豊かにする発見をするけれど、その手柄を先輩の大学教授に取られてしまう。学校の問題に立ち向かう教師がいる。でもその問題を表沙汰にしたくない人たちに追い詰められて、このままでは教職を続けられない。

「私はこの人たちを、頑張れってみてるわけ」

魔女はチャンネルを、車椅子の男性に戻した。

「どうなるんだろうってはらはらしながらね。ハッピーエンドならいいなって、拍手を贈る準備はしているけれど、だめならだめで仕方ない。みんながみんな、上手くいっても面白くないものね。ほんの一瞬、私の暇を潰してくれればそれでいい」

魔女はリモコンの、スキップボタンを押した。

場面が飛んで、夜になる。車椅子の男性は、今はベッドに横たわっている。眠っているようだ。でも顔をしかめて、とてもいびきには聞こえないうめき声をあげる。

「彼は元々、自殺するつもりだった」

と魔女が言った。

「恋人のこれからの人生に、自分が邪魔だっていうのが半分。もう半分は、もっと純粋な絶望かな。どうせもうすぐ死んじゃうわけだし、痛みを伴う病でもある。だからまだ身体が動くうちに自分で死んじゃうつもりだったんだけど、明日にしよう、明日にしようってずるずると生きているあいだに気が変わった。どれだけ短い時間でも、今の幸せを信じようって気になったの。別にドラマチックな出来事があったわけじゃなくて、自殺って本当に怖いなって実感しただけなんだけどね。だからちょっと、飽きてきた」

彼女はリモコンを操作して、テレビを消す。

「カーテンを開けて」

僕は広い部屋を横切って、窓の前まで歩く。大理石の床に足音が響く。カーテンレールの端から紐が垂れ下がっていた。それをひっぱると、窓の向こうに巨大な満月がみえた。

僕は息を呑む。クレーターを覗き込めそうなくらい大きな月に驚いた、というのもあった。でもほんの少し前、僕がこの部屋にやってきたとき、空はまだ青く、太陽が高く上っていた。

魔女は本当に万能なのだろう。彼女があのリモコンで操作していたのは、ただの映像ではなくて、この世界の時間そのものなのだろう。

「頑張って生きてる人は、綺麗よ。でも綺麗なものをみているだけなら、月を見上げているのとかわらない。五分間なら感動していられる。一時間くらいなら、まあつき合ってもいい。でもそればっかりだと、さすがに飽きちゃうよね」

この部屋に来て初めて、堀が口を開く。

「私はもっと、綺麗なものを作ります」

魔女が堀をみつめる。

堀は気弱そうな表情で、でもまっすぐに魔女を見つめ返している。

「月より綺麗な、貴女が飽きないものを作ります」

魔女は笑う。

それは複雑な笑みだった。冷たく、堀を見下しているようでもあった。寂しく、自嘲のようでもあった。

「そ。頑張ってね。貴女の方が選ばれれば、だけど」

いったい、どういう意味だろう？

魔女に尋ねたいことは、たくさんあった。でも彼女が「もう行きなさい」と言って、堀はそれに従った。僕もその後を追わないわけにはいかなかった。

城を出て僕らは、夜道を歩く。

今は何時なのだろう？　時計もないからわからない。魔女がくるくると時間を操る世界ではそんなもの知っても意味がないのかもしれないけれど、でも時間がわからないのは、妙に不安だった。

魔女の世界の夜は、現実の夜とほとんど変わりがなかった。僕が暮らしている街よりもいくらか明るいくらいだ。高層ビルの窓は白く四角く輝いて、飲食店は看板にスポットライトを当て、自動車は鋭い光を放ちながら次々に駆け抜けていく。

純粋に疑問で、僕は尋ねる。

「魔女はこんなにも多くの人を、外から連れてきているの？」

堀は首を振った。

「大半は、魔法で作った偽物なのだと思います。私にも見分けがつかないけど」

「魔法は人間まで作れるんだ」

「神さまも作れます。たぶん、なんだって」

それはすごい。本当に万能だ。そんなにも万能なら、たしかになにもかもに飽きてしまうのかもしれない。本物の神さまだって、人の前には姿を現さない。案外魔女と同じように、部屋にこもってポップコーンを食べながらテレビをみているのかもしれない。

「魔女は人間に飽きたから、次は魔女を作ろうとしているの？」

「それはわかりません」

堀は首を傾げる。

「でも、彼女は魔法を譲ると言いました。私と、もうひとりが次の魔女の候補です」

「ふたりいるんだ」

「魔女のテストを受けて、成績がよかった方が魔法をもらえることになっています」

わかるようで、よくわからない。

「私の方が幸せ、って言ってみたら？　すぐに魔法を奪えるかもしれない」

あの魔女は、少なくとも幸せそうにはみえなかった。

でも堀は首を振る。

「私は彼女が、嫌いではありません」

「そう？　あんまり良い人にはみえなかったけど」

「疲れているだけです。本当は優しい人です。あの人は高校生のころ、美術部で、私も絵の描き方を習いました」

「だから、ルールには従いたいわけだ」

「はい」

「魔法を使えば、完璧な絵も描けるのかな？」

歩きながら、堀はじっと僕をみつめた。

「考えたこともありませんでした。完璧な絵って、なんだろう？」

そんなこと、僕にわかるはずもない。前をみて歩かないと危ないよ、と僕は彼女に言った。実際に彼女は、目の前の赤信号に気づいていないようだった。

「魔女のテストって、どんなものなの？」

「これから説明します」

僕たちは大きな通りを、まっすぐに進む。どうやら緩やかな下り坂になっているようだ。道路は少しカーブしていて、そこを抜けると、正面に海がみえた。

「あれ」

と、堀が前方を指さす。

「みえますか？　島があるの」

はじめはよくわからなかった。海も黒く、空も黒い。でもじっと目を凝らしていると、月光を弾く波が不自然に途切れていて、そこにほんの小さな島があるのがわかった。

「私は魔女から、あの島をもらいました。もうひとりも同じように、小さな島をもらっています」

「それで？」

「お互いにその島を、自分の好きなように作り替えるんです。そして、よりよかった方が、魔法をもらえることになってます」

なるほど。

「ところで、どうやってあそこまでいくの？」

「飛びます」

「飛べるの？」

「魔法を借りているから」

魔女が神さまさえ作れるのであれば、女の子が魔法を使えるようにするくらい、簡単なのかもしれない。そういうものだと納得するしかない。

堀は足をとめて、右手を差し出した。僕はその手をとった。彼女の肌は少し冷たい。でも、秋の夜よりは温かい。

ふいに身体が浮き上がる。それは不思議な感覚だった。空圧のようなものは受けなかった。重力が変化した様子もなかった。でも瞬く間に、街が眼下に遠く離れていく。僕たちは停滞したまま、街の方が落下したような気がした。でも外からの刺激はなくても、頭はなかなかこの変化についていけないようで、飛んでいるのに立ちくらみに襲われた。

「目を開いて」

と堀が言う。

僕はいつの間にか強く閉じていた瞼を、強引に持ち上げる。目の前に、夜がみえた。それは圧倒的な星空だった。白波のように、無数の光の粒が浮かんでいた。

僕はその夜はじめて、空を飛んだ。ずっと昔、父さんに連れられてみたのと同じような星空を飛んだ。たぶん偽物の空で、偽物の夜だ。でも息を呑むくらいに綺麗だ。

すぐ隣で、堀がささやく。

「月の反対を向くと、星がたくさんみえます」

なんだか少しだけ、得意げな口調だった。

＊

その島を堀は、階段島と呼んでいた。

このとき階段島にあったものは、ただのふたつだけだった。山のふもとから山頂へと続く長い階段と、そして中腹にある小さな学校だけだ。ほかには海と星空くらいしかなかった。

「この島に、街を作るんです」

と堀は言う。

「今の魔女が作っているみたいに、大きな街でなくてもいいんです。必要なものが必要なだけあればいいと思います。捨てられた人たちが静かに生活できて、あの山にある学校に通って、もしかしたら階段を上って元いた場所に戻っていくかもしれません」

堀は楽しそうだった。

彼女は山のてっぺんに、背の高い塔を作った。ふたりでその屋上から階段島を見渡した。あそこに港があって、あっちは繁華街で、学校がそこだからこの辺りは学生街で――と、指をさして街並みをイメージした。

僕たちは時間をかけて、繰り返し階段島のことを話しあった。

食べ物はどこから運んでくればいいだろう？　電気がないのはさすがに不便だ。水道もきちんと整備されていないといけないし、やっぱり欲しいものはできるだけ買えた方がいい。誕生日やクリスマスにはケーキが必要だ。大人はお酒を飲むかもしれない。狭い島だから、車はあまり走らないだろうか。なら歩いて移動することになるから、道路の脇にはたくさんベンチを置こう。

そんなことを話しあっているのは楽しかった。でも、それだけではいけないのだとわかっていた。もっと根本的なルールを、僕たちは決める必要があった。

「階段島は、どれだけ現実と違うのかな？」

と僕は尋ねた。

本当に訊きたかったことは、そうではなかった。

きっと堀の方がずっと長い時間、この島のことを考えていて、だから彼女は僕が本当に訊きたかった方に答えた。

「私は魔女になっても、誰かの前で魔法を遣うつもりはありません。七草くんのほかには、誰にもみせません」

僕たちがどれほど丁寧にこの島を作っても、万能の魔女がいるだけで、ここは現実とはまったく別の場所になる。困ったことがあれば、魔女に頼ればいい。欲しいものがあれば、魔女に頼めばいい。学ぶ必要も、働く必要もない場所になる。

「わかった」

と、僕は言った。

「ならここを、できるだけ現実と同じにしよう」

そして僕たちは、小学三年生にしては厳密に、島のルールを決めていった。

大原則はたったひとつだ。階段島はできるだけ、現実と同じでなければならない。

そのために島にくる人たちからは、「どうして自分がここにいるのか？」という記憶を奪う。だって自分に捨てられてきたなんていうのは悲しすぎるし、現実ではあり得ないことだから。代わりに、ほかには一切、記憶や感情を操作しない。どれだけ僕たちに不都合だったとしても、この島で考えたことや、思ったことを否定しない。

ずいぶん迷ったけれど、インターネットは使えるようにした。それは現実にあるものだからだ。でも、島の外にメールを送ったり、電話をかけたりはできない。これは魔女の魔法が外の世界までは通用しないことが理由だったけれど、僕は都合が良いと思っていた。外と連絡が取れてしまうと、階段島の人たちは、きっとここで生きていこうとしないから。

階段島は小学三年生だった僕と堀が、必死に考えて再現した現実だ。だからもちろん、本物の現実に比べればちぐはぐなんだろうと思う。でも僕たちはできるだけ丁寧に考えて、丁寧に想像した。基本的には堀の意見を聞いて、僕がルールを文章にした。例外は、ひとつだけだった。

「ここは、捨てられた人たちの島です。この島を出るには、失くしたものをみつけなければなりません」

と、僕は言った。

堀が首を傾げる。

「なに？　それ？」

「ここに来た人はみんな、初めにそう教えられることにしよう」

「いいけど、どうして？」

「みんなの目的が、階段島を出ることになっちゃいけないんだよ」

たとえば島にやってきた人たちが、船を作って、海に出て、潮で戻されて。その次にいったい、なにを考えるだろう。空を飛ぼうとするだろうか？　そんなことできるとは思えないけれど、もしかしたらやり遂げるかもしれない。僕たちは階段島の人々になんの制限も設けけないつもりだから、いつかはできることなのかもしれない。そうなるのは、よくない。

だから初めから、希望があった方がいい。内側に向いた、いつか自然と忘れてしまうような希望がちょうどいい。だってこの島の人たちは、どれだけ努力しようとここを出ることなんてできないんだから。その判断はすべて、島の外にいる「捨てた方」に委ねられているんだから。

堀はよくわかっていないようだったけれど、ともかく頷いた。

＊

階段島を作り始めて、ひと月ほど経った。

そのころにはずいぶん、人が住める環境が整いつつあった。主要な道路ができ、いくつかの建物ができ、港には船も並んでいた。さらにいえば、二〇〇人ほどの住民がすでに生活していた。すべて堀が魔法で作った、いってみればロボットみたいなものだ。誰もいないところに最初の住民を放り込むのは可哀想だということで、生活に充分な人数が揃うまでは彼らにここでの生活をサポートしてもらうことになっていた。

その夜、堀は階段島を離れていた。魔女に会いに行くとのことだった。

僕は夕食に堀が魔法で作っておいてくれたシチューを食べて、ミルクを飲んで、歯を磨いてお風呂に入ってから、明かりを消してベッドに潜り込んで、泣いた。堀がいないから声を出してもよかったのかもしれない。でも泣き声を押し殺していた。すべて僕が選んだことだから、悲しくないけれど、悲しかった。寂しくないけれど、寂しかった。僕はもう父さんにも母さんにも会えないと思うと悲しくて寂しくて、独りきりの夜に泣いていた。

ノックの音が聞こえたのはそのときだった。

あんまり驚いて、慌てて起き上がったときにはもう、涙は引いていた。でも顔が熱い。急いで顔を洗わなければいけないと思った。もう一度ノックの音がして、次に女の子の声が聞こえた。

「七草くん、いるんでしょ？」

堀じゃない。知らない声だ。

僕は顔をごしごしとこすって、それから扉を開けた。赤いジャンパーを着た女の子が、つまらなそうに立っていた。僕や堀とそう違わない歳にみえる。まだ子供だ。それは不思議なことだった。この島に子供はいない。僕らのほかにはひとりもいない。中学生になっていない子供はこの島の住民にはしないことを、堀と話し合って決めていた。

「こんばんは」

と彼女は言う。

「こんばんは」

と僕は応える。

「君は、だれ？」

「なんとなくわかんないかな？　もうすぐ魔女から魔法をもらう予定なんだけど」

それでわかった。堀から聞いている。もうひとりの、魔女の候補者。

「安達」

「そ。ちょっとこっちの様子もみておこうかと思ってね。驚いたよ。ひと月前とは大違いだ」

なんとなく気が抜けて、僕は息を吐き出した。堀が帰ってきたわけではなくて、よかった。彼女に泣いている姿をみられることに比べれば、こんなのなんてことはない。

「まだまだだよ。魔法があれば、家を作るのも道路を作るのも簡単だ」

「そんなことには驚いてないよ。でもさ、家があれば人が生きていけるわけじゃないでしょ？　たった二〇〇人くらいしかいないのに、ちゃんと生活が成り立ってるみたいじゃない。お金があれば、パンも魚も買える。ジュースまで飲める。堀さんひとりでできることじゃないよ」

たしかにこの人数の少ない島で、まともにお金を使えるようにするのが、いちばん苦労した点だった。堀に魚が獲れる量を調整してもらって、通販の荷物と値段を何度も変更して、それを運ぶ船で島の物資を購入させて、一部の住民を魔女から給料が支給される公務員みたいな立場にして――と、ずいぶん色々なところでバランスを取って、ようやくきちんと成立する手ごたえをつかんだ。パズルゲームのようで面白くはあったけれど、学校の授業では習わない難問だ。

苦労した点を褒められると、やはり嬉しい。

思わず僕は微笑んで、それを誤魔化したくて、尋ねた。

「君の方は？　どうなってるの？」

「私の島は、もうできてるよ。一日でできた。ずっと堀さんに待たされてる」

そんな馬鹿な。

一日？　たった一日で、なにができるっていうんだ。

安達は笑う。

「実のところ、今日は貴方を引き抜きにきたんだよ。堀さんって、ほら、現実がみえてないところがあるでしょ？　貴方がいないと、この島は頓挫すると思うんだよね」

つい顔をしかめてしまう。そんな話、乗るはずないじゃないか。

「僕は堀につくよ。そのために、ここに来たんだ」

「そう？　私の方に来たら、もっと幸せになれるよ。欲しいものはなんでもあげる。したいことはなんでもさせてあげる」

「あんまり興味はないな。必要なものは、堀が作ってくれる」

「じゃあさ、こんなのはどう？　忘れたいことを、忘れさせてあげる」

なにを、言ってるんだ。こいつは。

「忘れたいことなんかない」

「本当？　目、赤いよ？」

僕は思わず目元をこすって、それが恥ずかしくて、叫び声をあげそうになる。でも、なんとか堪えた。できるだけ声が上ずらないように注意して答える。

「本当に、忘れたいことなんかない。なにひとつない」

「そ。残念」

安達はまだ、にやにやと笑っている。くそ、どうして。自分で選んだんだから悲しいはずなんかないのに、そんなの頭で考えればおかしなはずなのに、どうして僕は泣いてしまうんだろう。

僕は開いたままの扉に手をかけた。もう眠るからと言って、安達を追い返してしまおうと思った。でもそうする前に、彼女は言った。

「私の島を、みにおいでよ。あの子と私、どちらが魔女に相応しいか、たぶん貴方ならわかるんじゃないかな？」

正直、迷った。この子に近づくのは危険な気がしたから。

でもけっきょく、僕は頷く。危険から目を逸らしてはいけないと思ったのだ。安達のことをもっと知った方がいい。

「ぜひ、君の島に連れていってよ」

彼女は頷いた。

そして、手を繋ぐことも、空を飛ぶこともなく、僕はいつの間にかしらない場所に立っていた。

安達の島にはなにもなかった。

山も木も草さえもなくて、虫が鳴く音も聞こえなかった。さすがに星空と海は、変わらずにそこにあった。でも波の音も聞こえなかった。

ただ平坦な地面が広がっている。どこか、生き物が住まない遠い星のように。その中に、おそらく島の中心辺りに、ぽつんとひとつだけ建物が建っている。四階建てくらいの、ずいぶん古いアパートのようだ。でも明かりもついていない。月光に照らされたそれは、とても人が暮らす場所にはみえない。惑星に不時着しようとして地面に突き刺さった宇宙船の成れの果てだと言われた方が、まだ納得できた。

「特別だよ。私の部屋に招待してあげる」

と安達は言う。

僕は首を振る。

「もういい。だいたい、わかった」

「そ。やっぱり貴方、頭が良いね」

安達はアパートの壁に背中を預けて、ジャンパーのポケットに両手を突っ込む。

「さあ、答えを聞かせてよ。私とあの子、どちらが魔女に向いているのか」

よくわかった。

「君は魔法を、捨てるつもりなんだね？」

安達は首を傾げる。

「捨てるって言い方は、どうかな。ここは別荘みたいなものだよ。魔女だからって、魔女の世界で生きる必要はない。当たり前だよね？　貴方も外で、堀さんに会ったんでしょ。なら私は現実で、普通の人間として生きる。たまに気が向いたときだけここに来る。ひとりきりで、好きなものを食べて好きなときに眠って漫画を読んだりゲームをしたり、そんな風に過ごして満足したら外に戻る。魔法に過剰に期待しない人間が、いちばん上手く魔法を遣える」

ああ、間違いない。

「間違いなく君の答えが、堀よりも正しい」

彼女は笑う。これまでとは違う、年相応の無邪気な笑みだった。

「だよね。貴方だって、わかってたんじゃない？　あの子の考え方は初めから間違っている。魔女の世界に他人はいらない。そんなものがひとりでも交じると、魔女の世界は壊れるよ」

安達は正確に、この場所を理解しているのだろう。彼女に比べれば堀は、まったく想像力が足りない。ここがどれほど残酷な場所なのか理解していない。

僕たちの計画通りに階段島が出来上がって、運営されて、どれだけ幸せな場所になったとしても。もしも奇跡がおきて、あの島の人たちがみんなそれぞれの幸せをみつけたとしても、決して消えない不満がある。

階段島がごみ箱である以上、その外に憧れないではいられない。

不満のない人生なんて、きっとないのだと思う。ひとりひとりの不満を最小化することは、努力で可能なのだと思う。堀が作る階段島の住民は、現実と同じ程度には、もしかしたら幸せになれるのかもしれない。でも、すべてを知っている魔女にとって、あの島が安らかな場所になることはない。

堀が優しければ優しいほど、階段島が誠実であれば誠実であるほど、彼女は苦しみ続けるだろう。ここが本当の楽園にはなり得ないことを知って、住民たちがいちばん望むものを奪ったのが自分自身だと知って、いつまでも苦しむだろう。

魔女は自分の不幸を証明されたとき、魔法を失うのだと聞いている。それなら、人を愛する魔女は、自分の世界に他人を招き入れてはならない。ここに誰かを、捕えてはいけない。だってその誰かが確実に、魔女の不幸を証明するから。

でも。

「君は正しい。たしかに正しいよ。でも、綺麗ではない」

安達は首を傾げる。

「貴方、なにが言いたいの?」

「堀は魔法を嫌っている」

そうだ。だから彼女は、階段島を思いついたんだ。

「彼女だって一度は、魔法を捨てることを考えたはずなんだ。そんなこと、思いつかないはずがないんだ。それでも堀は、魔法を遣うことを選んだよ」

魔法を捨てるんじゃなくて。独占するんじゃなくて。もちろんただ我儘に、他人を巻き込むんじゃなくて。

――大事に取っておくんです。

と彼女は言った。

――重たくて捨てないといけないものを大事に取っておいて、いつかまた、それがいるときに返してあげるんです。

不思議だった。どうして堀が、人のいらないものをかき集めようとするのか。魔法の善い使い方なんてほかにいくらでもあるはずなのに、どうして階段島なんて答えに辿り着いたのか。

堀はきっと、捨てることの拒絶から始めた。まず捨てるべき魔法を、拾い上げるところから始めた。だから魔法で作られる世界は、ごみ箱の楽園なんだ。

「きっと堀は、なにも否定したくないんだよ。魔女も魔法も、否定するつもりはないんだ。君よりずっと甘いし、ずっと現実がみえていない。でも、君よりずっと綺麗だ」

ならやっぱり、僕は堀につく。綺麗なものを守ろうと決める。いや、決めるまでもない。それを守るために僕は、自分を捨ててここに来たんだ。

「ああ。そう」

つまらなそうに、安達はため息をついた。

「でも絶対に、あの子は苦しむよ。魔法を手に入れたら苦しみ続ける。それをずっと、隣でみているの？」

僕は首を振る。

「違うよ。堀が戦い続けるところを、僕は隣でみているんだ」

安達はアパートの壁から背中を離し、ゆっくりとした足取りで歩き出した。

「飽きた」

と彼女はつぶやく。

「貴方の話。もう飽きたから、帰って寝る」

なんだ、それ。

二歩、三歩と彼女は歩みを進めて、次の一歩で、ふっと消えた。

僕はしばらく茫然と、彼女が消えたところをみつめていた。こんな、なんにもない島でいったい、どうしろっていうんだ。

仕方なく僕は先ほどまで安達がそうしていたように、アパートの壁にもたれかかった。

そのまましばらく、階段島のことを考えていた。


時計もないから、時間の流れがわからない。

都合よく魔女が早送りしてくれないだろうかと思ったけれど、そんなことは起こらなかった。代わりに、魔女が箒に乗ってやってきた。それは僕の体感では、安達が消えて三〇分ほど経ったころだった。実際にはその半分くらいだろう。

堀が迎えに来てくれるものだと思っていたから、ずいぶん驚いた。魔女は空のずいぶん高い位置で箒から跳び降りて、目の前に着地した。足音ほどの音もたたなかった。

「散歩かい？」

と彼女は言う。僕は素直に首を振る。

「安達に置いていかれたんです。助けてください」

「嫌だよ。私は傍観者だって決めてるもの」

事情を知っていて、助けにきてくれたんじゃないのか。

「じゃあ少し僕と話をしましょう」

「内容によるね」

「魔女の再就職先というのはどうですか？」

彼女は驚いた様子で、ぴくんと眉を跳ね上げた。

「ナナくんはなかなか、面白いことをいうね」

「ナナくん？」

「お母さんにそう呼ばれてなかった？」

「苗字では呼ばないでしょう。家族なんだし」

「そっか、たしかに」

本気なのかふざけているのか、いまいちわからない人だ。僕は話を戻す。

「ほら、堀を選んでも安達を選んでも、もうすぐ魔女じゃなくなるんでしょ。次にすることが決まってた方が安心じゃないですか？」

「コンビニでバイトでもしようかと思ってたけど」

「魔女の次に?」

「なににに転職してもへんでしょ。魔女の次って」

　まあ、それはそうか。ゲームなら魔女の次は神官かなという気もするけれど、考えてみれば神官よりはコンビニのアルバイトの方が、魔女の転職先としてはまだましなのかもしれない。


「階段島で郵便配達をしませんか?」

と僕は言った。

　ちょうど堀と、郵便局が欲しいねという話をしていたのだ。

　魔女は笑う。

「そういう映画があったね。あれは宅急便だけど」

　少なくともその笑い方は、僕も彼女自身も見下しているようではなかった。シンプルに明るい、なんだかどきりとする笑顔だった。

　僕は奇妙に恥ずかしくなって、うつむいて続ける。

「ちょうどいいと思うんですよ」

「ん、なにが?」

「ほら、ただみているだけよりも、近くにいるじゃないですか。手紙を届ける方が」

　他人の人生を見飽きた魔女の居場所として、ちょうどいいような気がしたのだ。郵便配達員なら、これまでの魔女よりももう少し誰かの人生に関わることになるはずだ。

「なるほど。悪くないかもね」

郵便、郵便、と魔女は何度か繰り返す。きっと彼女が階段島で郵便配達をしてくれたら、堀も喜ぶだろう。僕としても都合がいい。

「まずは試しに、僕を送り届けてみるというのはどうでしょう？」

「ん？　君には切手が貼られていないみたいだけど？」

「よく知らないけど、切手がない手紙って持ち主のところに戻ってくるんじゃなかったですか？」

魔女は楽しげに、けらけらと笑う。

「サービスは今日だけだよ」

彼女はジーンズのポケットから、するりと箒を取り出した。

＊

階段島の山頂に作った、背の高い塔に帰っても、明かりはついていなかった。

扉を引き開けて中に入ると、なにか小さな音が聞こえた。教室の椅子を引っ張ったときに聞こえる甲高い音に似ていた。それは途切れながら続く。

僕は音の元を視線で辿る。

ベッドの方だ。警戒しながら数歩近づくと、雲が動いたのだろう、窓から月明かりが射し込む。黒い髪と白い肌を照らした。月光でそれは、青みがかってみえた。

そこにいたのは、堀だった。彼女がベッドに顔を押しつけていた。

気が抜けて、僕は息を吐き出す。

「ただいま」

勢いよく、堀が顔を上げる。僕は思わず声を上げそうになる。彼女の動きに驚いたからじゃなくて、その顔つきが、僕が知っている彼女とはまったく違っていたから。

堀は泣いていた。

溶けたバターみたいに、大げさに顔を歪めて泣いていた。あの小さな音は嗚咽だったのだとわかった。どうしたの、と尋ねる前に、彼女の頭が僕の胸にぶつかった。息がつまる。小さな咳払いで誤魔化して、今度こそ僕は尋ねる。

「どうしたの?」

彼女はまだ泣いていた。かすれた声で、叫ぶように言う。

「帰ったのかと、思った」

「帰るって、どこに?」

「あっちに」

あっちというのがどこを指すのかは、もちろん明らかだ。

堀は僕が魔女の世界を出て、現実に帰った可能性に思い当たって、こんなにも悲しんでくれたのだろう。堀には泣いて欲しくないけれど、少し嬉しい。

僕は彼女の頭に手を載せる。ひどく熱い。できたてのゆで卵みたいだ。

「帰らないよ。僕はずっとここにいる。帰りようもない」

僕の手の下で、彼女は頭を振った。

「でも、あっちの七草くんが拾いにきたら、帰ることになるよ」

「あ、そうか」

不思議とその可能性には思い至らなかった。

「もしも僕が連れ戻されちゃったら、君がまた拾いに来てくれればいい。何度でもここにくるよ」

「でも。それは、ルール違反だから」

たしかに僕たちは、話し合って決めた。本人が捨てようとしないものを、決してこちらに連れてこない。

僕は首を振る。

「ルール違反じゃない。だって僕自身が決めたんだから。向こうの僕にだけ捨てる権利があるのはおかしい」

堀がようやく、僕の胸から顔を離す。ぐしゃぐしゃの泣き顔を上げた。

「本当に？　ルール違反じゃない？」

「本当に。ルール違反じゃない」

現実の方の僕がどう考えるのかわからないけれど、そんなの知ったことじゃない。

堀は両手で、ごしごしと顔をこする。それから普段の、鋭い目つきの無表情を取り戻して、僕を睨む。どうやら怒っているようだ。

「七草くんに、お願いがあります」

なんだか気おされて、僕は「はい」と頷く。

「いいですか？　私はけっこう泣き虫だし、すぐに混乱します。それに落ち込むと、ベッドに潜り込んで外に出ない癖があります」

「知らなかったよ」

「思ってもいないことを、してしまうんです。せっかく一緒にルールを決めたのに、本当に困ったとき、私はそれを守れなくなるかもしれません」

「そう。ま、そうなったら反省しよう」

「だめです。ルールは守らないと」

そうだろうか。たまに、少し破るくらいならいいんじゃないだろうか。いや、でもこれから階段島を作り上げていくのだから、やっぱりルール違反はまずいか。

堀はまだ、不機嫌そうに僕を睨んでいた。

「だから、お願いです。私がルール違反をしそうになったら、七草くんが叱ってください」

その夜、僕は堀について、いくつかのことを知った。

意外と泣き虫だということ、落ち込むとベッドから動かないこと、泣いたあとは恥ずかしがって不機嫌になること、そんなときは普段よりずっとはきはき喋ること。

なんだか楽しくて、笑ってしまう。

「わかった。君が階段島を作って、僕が君をチェックする」

こんな風に、僕たちの役割が決まった。

＊

数日後、次の魔女に堀が選ばれた。

安達はいつの間にかこの世界から消えていて、魔女は魔法を失い郵便局員になった。

それから僕たちは七年間、ルールに従って階段島を運営してきた。もちろん色々な問題があったし、何度かまた堀の泣き顔をみることにもなった。

とはいえ、少なくとも堀は、ルールを破ろうとはしなかった。例外を認めたことはあるけれど、それは僕が提案して、彼女が受け入れたことばかりだった。七年、堀は善い魔女であり続けた。そう断言できる。

でも。ついに彼女は自分のためにルールを破り、感情に任せて魔法を使った。

真辺由宇は危険だ。そんなこと、わかっていたけれど。

やっぱりきっかけは、彼女だった。

3　真辺　三月一〇日（水曜日）

放課後の廊下の窓から、夕陽が射し込んでいた。それで壁も窓枠も色を失って、影絵のようだった。真辺由宇は靴箱に向かって歩いていた。偶然だろうが、周りには誰もいない。足音も聞こえない。学校にひとりきりいるのは不思議な気分になる。何十年も未来に移動してしまったように、校舎もなんだか古びてみえた。

「真辺さん」

ふいに後ろから声をかけられて、真辺は振り返る。

ひどい違和感で、眩暈がした。聞こえてきたのは七草の声だった。でも彼が「真辺さん」と言ったのは、いつ以来だろう？

七草はたしかに、そこに立っていた。夕陽に照らされて微笑んでいた。

思わず顔をしかめて、真辺は尋ねる。

「七草？」

馬鹿げた質問ではあった。そこにいるのは、七草だ。目も鼻も口も耳も七草だ。強いていうなら記憶よりも、少しだけ髪が短い気がした。でも勘違いかもしれない。目の前の彼に覚える違和感は、そんなものではない。

七草はほんのわずかに首を傾げる。

「君と話をしたいんだ。いいかな？」

真辺由宇は頷く。

もちろん、かまわない。彼が七草だったとしても、そうでなかったとしても。

ふと思い当たることがあった。

「貴方、安達さんに電話をかけた？」

彼女のスマートフォン越しに聞いた声に、よく似ている。まるで七草ではないような、でも七草の声だ。

彼は頷く。

「その辺りのことを、まず話そうか」

ついておいで、と彼は言った。その口調だけを取れば、普段通りの七草だった。

彼は廊下をまっすぐに進む。

真辺はその少し後ろをついて歩いた。

「話って、なんなの?」

「少し待って。まずみて欲しいものがある」

「貴方、七草なの?」

「もちろん。ほかの誰にみえる?」

彼が足を止めたのは、保健室の前だった。ノックもせずにドアを開く。

「体調が悪いの?」

「いや」

保健室には、ふたつのベッドが並んでいる。一方はカーテンが開いていて、もう一方は閉じられている。彼は閉じている方に歩み寄る。ゆっくりと歩きながら、言った。

「僕は間違いなく七草だけど、君が知っている七草じゃない。見分けがつくとは思わなかったから、ちょっとびっくりした」

彼はカーテンに手を伸ばして、開く。

ベッドがみえた。そこに横たわっているのは、七草だった。

思わず、駆け寄る。

「七草」

真辺がよく知っている七草だ。でもどうして、保健室のベッドで眠っているのだろう? 彼の頰のすぐ隣に手をついて、その顔を覗き込む。あまり痛ましい感じはしない。

ただ呑気に昼寝しているだけにみえる。こうして改めてみると、彼の顔つきは記憶よりも幼い。遊び疲れた子供のようだった。

「心配はいらないよ」

と、もうひとりの七草が言った。

真辺はベッドから手を離し、彼に向き直る。七草がふたりいる。

「これは、魔法？」

「そうだね。魔法だ」

「七草になにがあったの？」

「ちょっと休んでいるだけだよ。すぐに目を覚ます」

「保健室の先生は？」

「席を外してもらった。君とふたりだけで話をしたかったんだ」

真辺は深く息を吸って、吐いて、頷く。

「わかった」

疑問はいくらでもある。ふたりで話ができるのは、好都合だ。

七草と同じ姿をした彼は、パイプ椅子に腰を下ろした。

「階段島に七草はふたりいる。僕と、君がよく知っている彼だ。でも本当は、僕の方が先輩なんだよ。七年もここにいるからね」

真辺は彼が言うことに、ひとつずつ頷く。

「つまり貴方は、七年前、自分自身に捨てられてここにきた。七草は貴方を拾わないまま、去年の夏にもまた自分を捨てて、階段島の七草はふたりになった」

「そういうこと。君は理解力が高い」

真辺は思わず、顔をしかめる。

「階段島って、いくらでも同じ人がやってくるの?」

「同じではないよ。この島に人格を捨てるたびに、別の人間になっているはずだ。それにふたりいるのは、僕たちだけだよ。僕と魔女は友達でね。特別に我儘を聞いてもらった」

それでは安達が言っていた、魔女の友達というのはこの七草のことなのだろうか。彼を説得することが、魔女を説得することに繋がるのだろうか。

「それで、どうして七草は眠っているの?」

「彼に、僕の記憶を移した。だいたいそのままコピーして、張りつけた」

記憶。

「それって、大丈夫なの?」

「さっきから言ってるだろ。心配はいらない。別に君のことを忘れたりもしない。ただ僕のぶんの記憶が増えるだけだ」

「大丈夫ならどうして眠ってるの？」

「さすがに疲れたんじゃないかな。七年ぶんだからね」

真辺はもう一度、大きく深呼吸した。ともかく納得しなければ、先に進めない。

この七年間、七草はふたりいた。ひとりは真辺がよく知っている七草だ。去年の夏、階段島を訪れた。もうひとりは、あまりよく知らない。七年前――小学三年生。まだ、七草と特別親しかった時期ではない。そのころに彼はこちらにきて、魔女と仲良くなった。

そして今、真辺がよく知っている七草は、もうひとりの七草の記憶がコピーされて、眠っている。ふたりぶんの記憶を手に入れた七草は、これまでと同じ七草だろうか？　わからない。早く話をしたかったが、まさか肩をゆすって起こすわけにもいかない。

もうひとりの七草は微笑む。

「君に訊いてみたいことがあるんだ」

「なに？」

「君はあの七草が好きなの？」

「もちろん」

「じゃあそれは、どんな種類の好きなんだろう？」

言葉に詰まる。感情を表現するのは、苦手だ。

困っていると、彼は続ける。

「安達は階段島にやってきて、あれこれと動き回って、上手くいったり失敗したりしているようだ。でも、中でもいちばん思い通りにいかなかったのが、君だろうね」

「そう？　どちらかといえば、仲良くしているつもりだけど」

「安達がどうして七草に告白したか、わかる？」

「好きだからじゃないの？」

「君を刺激したかったんだよ。たぶん安達が告白すれば、君も対抗すると思ったんじゃないかな。それは、まあ、僕にしてみれば、なかなか困った状況になる」

「どう困るの？」

「そっちの彼が、僕を拾いかねない」

七草は、ベッドに寝ている七草を指さした。

「形の上では、僕は彼に捨てられているからね。拾う権利は向こうが持っているんだよ。安達が狙っていたのは、そこだ。つまり魔女である堀を選んだ僕を消し、真辺由宇を選んだ七草だけを残すことだ」

「よくわからない」

口に出して、もう一度頭の中で考えてみるけれど、やはりわからない。

「どうして私が七草に告白すると、貴方が消えることになるの？」

「それは七年前、彼がなにを捨てたのかに関係している」

「なにを捨てたの？」

「本人に訊いてみてよ。なんにせよ、君がそっちの七草に告白しなかったおかげで僕は助かったんだけど、なんとなくふたりの関係が気になってね」

難しい話だ。真辺は腕を組む。できるなら黒板を使って、自分の考えを目にみえる形でまとめてみたかったけれど、保健室には黒板もない。仕方なく、まとまり切らないまま言葉にした。

「私はけっこう、一般的な意味で七草が好きだと思う。一緒にいると楽しいし、会いたいなと思うこともよくある。できれば嫌われたくないし、あまり想像できないけれど恋人になったならきっととても嬉しい」

「とてもわかりやすいね」

真辺は頷く。

「それだけなら、とてもわかりやすい。でも七草に関して、いちばん守りたいものは感情じゃない。恋愛を理由に、なにかが決まって欲しくない。もっと純粋であって欲しい」

目の前の七草は、大げさに顔をしかめた。

「急に、わからなくなった」

「ここが難しいんだよ」

「なにかって、なに？　なにが決まって欲しくないの？」

「つまり七草の言葉とか、行動とかだよ。たとえば――」

　思いついて、真辺はつい笑う。あまりにあり得ないことだったから。

「たとえば、私がなにかを間違えたとき、恋人だからっていう理由で七草がその間違いを見逃すようなことがあっちゃいけないんだよ。私が間違えたなら、七草には叱って欲しい。七草が言っていることに納得できなければ、私は反論したい。そのときにあるべき感情は、恋でも愛でもない」

「じゃあ、なに？」

「言葉にするのが難しいな。でも、いちばんしっくりくるのは、尊敬かな。だから彼の恋人になるのは、嬉しいことではあるけれど、なんだかもったいない」

　つまり、優先順位が違う。

　以前、七草と――真辺がよく知っている方の七草と交わした会話の繰り返しだ。こちらの声が届くところに彼がいて、彼の声が届くところにこちらがいる。彼の本心がどれだけこちらと真逆でも、それが届くならほかはいらない。互いの声さえ濁らなければ、そのことがいちばん大切で、愛情は尊いものだけど、声に色をつけるならそんなものさえ余計だ。

これまでよりも正確に、真辺由宇は自覚する。

――やっぱり私は、七草が好きだ。

その好意は過程ではない。先に結果を求めているものではない。

好意そのものが結果で、それ以上の形はいらない。

「両方手に入れられるなら、それは素晴らしいよ。互いに愛し合いながら、でも必要に応じてその愛を忘れて、尊敬だけで口論できるなら理想だよ。でもまだ、そうできる自信はない」

「どうして？」

「だって私はおそらく、本当に七草が好きだから」

今はまだ尊敬が歪んでしまうくらいに好きだから、注意深くなる必要がある。ただ臆病なだけなのかもしれない。でも、彼のことくらいは臆病でいいのだという気もする。

七草がふいに笑い出す。瞳に涙まで溜めていた。別人みたいなものだとわかっていても、大笑いする七草というのは珍しくて、真辺は呆気にとられる。

目元をこすって、彼は言った。

「ああ、よくわかったよ。これが階段島だ。だから君は、ここにいるんだ。捨てられてここにやってきたんだ」

真辺は首を傾げる。

「どういうこと？」

「現実の君たちなら諦められたことを、君たちは諦められないんだ。誰にだって大切だとわかる感情よりも、自分たちにとって純粋な感情の方を選んでしまえるんだ。僕は現実の君たちが、嫌いじゃない。彼らはいろんなものを諦めて、変化して、満点ではないけれど幸せになっていくんだと思う。ハッピーエンドのひとつの形だ。でも君たちは、あっけなくその結末を否定してしまう」

彼は、ぱん、ぱん、と手を叩いた。本当に楽しそうで、なのになんだか悲しそうだ。自棄《やけ》になっているようでもあった。

次に、不機嫌そうな声が聞こえた。

「うるさいよ」

ベッドに横たわっていた七草が、いつの間にか目を開いている。

「大丈夫？」

と真辺は尋ねる。

彼はベッドの上で身を起こして、顔をしかめている。

「まったく問題ない。眠ったら頭がすっきりした。最近、寝不足だったのかもしれない」

「でも、なんだかつらそうだよ？」

「そいつのせいだよ。まったくの別人ならよかった。でも、中途半端に似ているぶん、やっぱり苛立つ」

彼はベッドの下に並んでいたスニーカーに手を伸ばし、それを履いた。丁寧に靴紐を結びながら言う。

「堀はどこだ？」

もうひとりの七草が答える。

「灯台」

ベッドの上の七草は、やはり真辺がよく知っている七草だった。なにも変わらない。不機嫌そうな表情も、声も。怒り、苛立ち、悲しんで、諦めて進む彼だ。

「じゃあ、さっさと終わらせてしまおう」

七草はベッドから立ち上がる。

彼はこちらに一歩、足を踏み出して、ほんの三〇センチほどの距離で向き合う。

まっすぐに真辺をみつめて、彼は言った。

「大好きだよ」

彼がなにを言っているのか、咄嗟にはわからなかった。

「ずっと長いあいだ、今でももちろん、僕にとっていちばん大切なのは君だ」

耳が聞こえなくなったし、目もみえなくなった。錯覚ではなく、ほんの一瞬だけどたしかに五感が消えた。でもすぐあとに、胸が大きく鳴って、元に戻る。

じっと彼の瞳をみつめた。

――ああ、いつも通りの七草だ。

そう確信して、真辺由宇は笑う。

4 七草 同日

――これは個人的な話だから。

と、時任さんは言った。

――魔女でも、マナちゃんでも、安達さんでもなくってね。あくまでナナくんの問題だから、私から話せることはない。ただ君が、ひとりで悩むしかない。

その言葉の意味は、今となってはもう明らかだ。これは七草の問題だ。僕と、彼だけの問題だ。

思い返してみれば、安達が攻撃していたのは堀ではなかった。彼女は真辺に近づいて、クリスマスの悲劇を暴き立てて。その先にいるのは、僕ともうひとりの七草だった。

階段島の不幸を証明し得るのは、七年前からこの島にいた彼だ。魔女にとって、唯一の仲間と呼べる彼だけだ。そして彼はすでに壊れている。その機能を果たせなくなっている。あれほど心に決めていたはずなのに。僕はその記憶を、みんな知っているのに。彼は堀の理想を守ることを、諦めた。

彼が僕でなければ、当たり前だと言ってしまうことだってできた。彼の判断は無感情に役割をまっとうするよりもずっと正しくて、優しくて、誠実だと決めてしまうことだってできた。だって堀は理想を追い求めて、我慢強くこの島を運営して、愛情を込めて守って、なのにここが楽園になることはないのだから。

階段島の理想はなにも捨てないことだ、と堀は言った。綺麗な理想だ。強い理想だ。理想的な理想だ。でもその理想は、前提から矛盾している。ここはごみ箱の中なのだから。僕たちは初めから、捨てられているのだから。なにも捨てないのであれば、階段島なんてあってはならない。その理想は、島の外側でしか成立しない。

大地のことだって、そうだ。彼はやっぱり、階段島に来てはいけなかった。自分自身に捨てられた少年なんて生まれてはいけなかった。みんなそう言う。僕だってそう言う。階段島の理想さえ、そう言う。なにも捨てないことを夢みた階段島は、この島自身を否定する。

だから階段島は、初めから間違っていて。初めから間違ったものを信じて傷つき続ける女の子をみているのは、悲しい。あの子を苦しみから解放するために、あの子の理想を否定するのは、当たり前に優しい。

——もういいじゃないか。

とため息をついた彼を、僕は知っている。

——魔法を安達に奪われても。階段島が失敗だったとしても。これからもっと安らかに、ふたりで暮らしていけばいいじゃないか。

少女としての堀の幸せを作るために、魔女としての堀の理想を否定する。それはきっと、自然なことだろう。すぐ隣で大好きな女の子が苦しみ続けていたなら、もちろんそんな風に考えるのだろう。他人事であれば、僕だって応援できた。そういう幸せもあるさと笑って、大人になったねと拍手を贈って、幼いころに抱いた夢よりも目の前の幸福を選ぶことを肯定的に受け入れられた。まったく別の誰かなら、文句はなかった。

だけど。それは僕の、理想じゃない。

彼は僕だ。どうしようもなく、僕だ。群青色の夜にピストルスターを知って、わけのわからない感動に包まれた僕だ。宇宙の向こうのこちらを照らさない輝きに、ずっと憧れ続けた僕だ。

だから僕は、彼が壊れたことが、許せない。

——君は、黒だ。

と彼は言った。

——安達も黒。でも真逆の黒だ。君はいちばん脆い黒で、安達はいちばん強固な黒だ。

黒は本来、強い色なのだろう。絵の具をパレットに並べる。すべての色を混ぜ合わせると黒になる。バランスが崩れても、さらに足せば黒に戻る。だから強固な色だ。

一方で、脆い黒もたしかに存在する。それは空白の色だ。なんにもない、光を跳ね返すものもない黒だ。なにかひとつを置くだけで壊れる、脆い黒。星と星とのあいだに横たわる、透明な黒だ。

僕は、その黒でいたかった。きっと彼も。

夜空の遠く向こうで輝く美しい星の隣にいられるのは、簡単に壊れてしまう透明な黒だけだから。意味を持たない、でもなにも遮らない、あの黒が僕の役割ならこんなにも誇らしいことはない。

――それを包んでいる空白の名前が愛なんだ。

と、一〇〇万回生きた猫は言った。

愛なんてものはわからないけれど、僕がなりたいのは、それだ。ピストルスターを無意味に包む、すぐ隣にいても照らされることもない、なんでもない弱い黒だ。

なのに彼は、壊れてしまった。空白ではいられなかった。別の色を求めてしまった。光にあたることを夢みてしまった。

僕たちにとって、それは罪なんだ。まったく別の星を、まったく別に追いかけていたとしても。それでも同じ信仰を持つ僕たちには許されない罪なんだ。もしも世界の全員が、真辺も堀もほかのみんなも気にさえ留めなくても、僕と彼だけは許さない。

だからこれは、僕と彼との物語だ。僕だけの物語だ。ほかには誰も入り込む余地なんかありはしない。独りきりの断罪で、独りきりの殺人だ。

これから僕は、少しだけ自殺するだろう。在り得た僕のひとりを殺すだろう。彼は彼自身の信仰によって、僕の手で殺されるのだろう。

僕はただひとつ、壊れた黒の一片を握り締め、それを彼の胸に突き立てる。

大好きだよ。

＊

それは、勇気がいることだった。

「大好きだよ」

と僕は言う。僕の幸せに向かって、無造作に手を伸ばす。

嘘をつく必要も、言葉を選ぶ必要もない。

「ずっと長いあいだ、今でももちろん、僕にとっていちばん大切なのは君だ」

真辺が目を丸くする。彼女が表情を変えることなんか滅多になくて、それで得をした気分になる。

でもすぐに、彼女は笑った。とても綺麗で、普段通りの笑い方だった。

「私も大好きだよ。大切なものに順番はつけたくないけれど、無理につけるなら、やっぱりきみが最初なんだと思う」

真辺由宇は、完璧な女の子ではない。

しばしば間違えるし、短絡的な行動も多い。他人の気持ちを思いやることが苦手だ。けっこう食い意地が張っているし、冷静にみえても感情を抑えきれないこともよくあって、時には大声をあげて泣く。勉強はそこそこできるくせに、状況によっては呆れるくらい馬鹿だ。

それでも僕は、真辺由宇のある点を信頼している。

僕にとっていちばん大切なひとつだけは、心の底から信頼している。

真辺由宇はまっすぐに進む。遠い遠い宇宙の向こうの、悲しいくらいに潔癖な、なにより気高い星の光みたいにどこまでもまっすぐ進む。

だからこれは、愛の告白でもないし、恋の告白でもない。こういうことを、彼女は間違えない。

「これまで通りに、大好きだよ」

と彼女は言った。

僕は僕の幸せが、まだ手元にあることを確認する。それは僕のものじゃない。本来は彼女だけが所有しているものだ。でも、勘違いだとしても、今はまだ僕の元にある。

そのことが嬉しくて、僕は微笑む。微笑みながら、もうひとりの僕のことを考える。

――君は、壊れたなんて言っちゃいけなかったんだ。

光に照らされたくて、なんにもない黒から歩み出ることが君の幸せだったなら、そんな表現をしてはいけないんだ。それを否定として、語ってはいけなかったんだ。

――ああ、君は、やっぱり僕だったよ。

彼は堀に恋をして、当たり前に彼女を救い出したいと考えて、魔女ではなくただの少女としてあの子を幸せにしたいと願って。でもそんな自分を、受け入れられなかった。だからあの夜、彼は僕を灯台に呼んだのだ。未だ黒でいる僕に、彼は拾われたかったのだろう。彼を殺したのは僕だ。僕に殺させたのは彼だ。凶器は壊れた黒の叫び。光を一欠片も遮らず、ただ近くにいたいと願っていたころの理想。その純情で鋭利な声で、彼は回りくどく自殺した。

「あれ？」

真辺が声を上げる。

「もうひとりのきみは？」

保健室にはもう、僕と真辺のほかには誰もいない。

「消えた。僕が拾った」

「拾った？」

「失くしたものを、みつけたんだ」

真辺はとぼけたような、無表情に似た真顔で考え込む。いや、考え込むというよりは、次の言葉を口にするタイミングに迷っていたのかもしれない。

やがて、彼女は言った。

「失くしものは、なんだったの？」

小さな声で笑って、僕は答える。

「勇気かな」

七年も前に、僕が捨てたもの。それが彼をこの階段島に導いて、留めさせ、堀に笑いかけて、彼女を魔女の呪いから救い出そうとさせた。

簡単にまとめてしまえば、それは僕の幸せだ。僕自身の幸せに向かって、乱暴に手を伸ばす勇気だ。いつか踏んづけたそれを、僕は拾い上げた。もうぼろぼろで、誰にとってもなんの価値もない、リサイクルショップにもっていけば引き取り料を要求されるような骨董品だけど、僕の勇気を取り戻した。

「そんなの、七草はずっと持ってたでしょ？」

「そうでもない。いらないと思ってたよ」

もっと端的に要約するなら、僕は、真辺由宇の隣を離れないことを決めた。

彼とは真逆の方法で。でも、やっぱり同じ方法で。彼が堀といるために堀の味方であり続けて、彼女の理想から彼女を連れ出そうとしたように、僕は真辺といるために彼女の敵にだってなってみせて、彼女の理想に踏み込むことを決めた。その光に触れそうなくらい、すぐ近くにいることを、ようやく決めた。

彼がいなくなったことが、少し寂しい。どんな形であれ、彼は僕にとって大切なものを、これまで守ってきてくれたのだから。花を捧げることも、手を合わせることもないけれど、でも僕はほんの短い時間、目を閉じて息を吐き出す。

さようなら、と胸の中でつぶやく。拾った自分に贈るには、不似合な言葉だけど。君は僕よりも正しかった。君は僕よりも優しかった。僕よりも少しだけ、あの美しい星を愛していた。勇気をもって、その光に手を伸ばした。そして同じだけあの星に真摯で、だから壊れてもまだ黒のままだった。

目を開く。

「僕はこれから、堀に会いにいく」

真辺が答える。

「私もいくよ。話をしたかったもの」

「魔女と？　それとも、堀と？」

「両方」

もちろん、真辺由宇ならそう答える。

僕たちは保健室を出る。ドアを閉める直前、ほんの一瞬だけ部屋の中を覗く。

蛍光灯のちゃちな光に照らされて、壊れた黒の欠片はもうない。

＊

走りはしなかった。でも足早に階段を下って、僕たちはタクシーを拾った。

そのあいだ、ほんの少しだけ、真辺由宇と僕の関係について考えてみる。

でもやっぱり、最適な言葉はみつからない。

もちろん恋人ではないし、仲間というのとも違う。友達でも親友でも違和感がある。目的も手段も、理想も価値観も違う。なのにきっと、互いに同じことを求めている。ほんの少し前までは、僕たちが求めるものは少しずつ違っていたのだろう。でも彼を拾って、同じになったのだろう。ほとんど完全に。

夕焼けが終わりを迎え、色を失いつつある島を、タクシーが進む。フロントガラスの向こうに港がみえて、僕は言った。

「君も堀に、言いたいことがあるんだと思う」

じっと前をみつめたまま真辺は頷く。

「うん。たくさんあるよ。言いたいことも、訊きたいことも」

「だろうね。でも、まずは黙って僕たちの話を聞いていてくれないか？」

「いつまで黙っていればいいの？」

「僕がいいって言うまで」

「それは、約束？」

「いや。お願い」

「わかった」

真辺は頷く。

「約束はできないけれど、頼まれたことは覚えてる」

港に着いたとき、すでに日は落ちていた。灯台の光が夜空の底を掠めて、当てもなく闇を照らしていた。白い扉の前に、少女がひとり立っている。

安達だ。僕たちがタクシーを下りると、彼女はこちらの顔をみて笑う。

「ちょうどよかったよ。堀さんが、中に入れてくれないの。説得するのを手伝ってよ」

「君を手伝うつもりはないよ」

安達の都合なんか、知ったことじゃない。

「でも、僕もここに入れてもらえないと、困る」

今夜はとても寒くって、意外に子供っぽいあの子はきっと、ベッドでうずくまっている。僕はそのことをもう知っているから、この扉を開けるんだ。扉の外にどれだけの悲しみが波打っていても、扉の内側にどれだけの涙が詰まっていても、こんな夜はあの子の隣にいることが彼の役割で、僕はもう彼を拾ったから、この扉を開けるんだ。

できるだけ繊細に、あの子が不安にならないリズムを探して、それはきっと彼と同じ手つきで、僕は扉をノックする。

「君に会いたい。ここを開けて」

あの子の返事には、いつだって長い時間がかかる。

でも僕には、不安もない。臆病に迷っていても、彼女はなにも捨てないから、この扉が開くことは知っている。だから夜の寒さを辛抱していればいい。やがて小さな、かちりという音がして、鍵が開いたのがわかる。僕は扉を押し開ける。

暗い灯台の中に踏み込むと、なんだか懐かしい匂いがした。彼の記憶が思い出していた。これは元々、山のてっぺんにあった塔だ。でもあの山頂は寂しすぎて、海辺に移して灯台にした。

彼は――もうひとりの僕は長いあいだ、堀と一緒にここで暮らしていた。魔女は人前に出ない方がいいと知っていたから、息を殺して暮らした。堀はよく料理の練習をしていた。魔法を使えば美味しいシチューもクッキーも思いのままなのに、それをわざわざ自分の手で作って、失敗しては落ち込んでいた。

僕の記憶を、安達の声が乱雑に遮る。

「私を、堀さんに会わせていいの？」

仕方なく僕は答える。

「古い友達が会うのを、邪魔する理由はないよ」

「でも、もう充分、あの子の不幸は証明された」

「本当に？」

僕は暗がりの中で、螺旋階段に足をかける。その位置は身体が覚えている。七年も過ごしたのだから当然だ。段の幅も、高さも、下から七段目の端っこを踏むときぃと小さな音がすることも知っている。

「堀が不幸か、幸せかなんて、彼女のほかには決められない」

「それ、本気で言ってるの？」

「もちろん」

僕たちは階段を上り、寝室のドアを開ける。


明かりはついていなかった。ランプがあるはずだけど、堀は火をともしていなかった。僕は部屋に足を踏み入れて、右手の窓のカーテンを開ける。ぶ厚くて、遮光性の高いカーテンだ。それを開くのは、いつ以来だろう？　ずいぶん久しぶりだということはわかるけれど、正確には覚えていない。

堀はまた、ベッドに顔をうずめている。もうひとりの僕が何度もみた光景だ。泣いているのか、泣きやんだばかりの顔をみられるのが恥ずかしいのか、そのどちらかだろう。彼女の後頭部を月光が照らす。

　つまらなそうに、投げ捨てるように、安達が言う。

「貴女よりも、私の方が幸せ」

　僕は迷わず、彼女の声に重なるように言った。

「いや。安達よりも、堀の方が幸せだ。これまでと同じように」

　どちらかの言葉に、堀の後頭部がぴくんと跳ねて反応する。

　根っこが悲観的な僕は、涙で濡れた女の子に語るための言葉なんて持たない。だけど彼は言葉にするべきことを知っていて、だから僕は続ける。

「もちろんこれまで、悲しいこともたくさんあった。僕は君が落ち込んでいたことも、泣いていたことも知っている。今だって。君がどれだけ疲れていて、意地を張って、この島を守ってきたのか知っている。そして僕たちはまだ階段島にいる。いくつもの、楽しかった思い出だってあるこの場所にいる」

　僕は堀に歩み寄る。

　彼女の温かな頭に手を載せて、つるつるした細い髪を撫でる。

「これまでの、この島のすべてが悲劇だったというんなら、君は不幸だ。でも、そんなわけがないだろう？　去年のクリスマスパーティは、とても素敵だったと君も言っていた。学校の話も、いつも聞かせてくれた。ほんの些細なことまで丁寧に教えてくれた。委員長のことも、佐々岡のことも、君は友達だと思っている。毎週、長い手紙を楽しそうに書いていた。僕たちの魔法は、完璧ではないかもしれないけど、でも悲しいだけだなんてあり得ない」

堀が顔を上げる。

僕はその頭から手を離して、涙が溜まった彼女の瞳をみつめる。七年間、ここで暮らした僕の笑い方を思い出して、できるだけそれを再現する。

――これは残酷なことだ。

もちろん知っている。

七年間、堀と共に過ごした僕には耐えられなかったことだ。僕だってそのすべての記憶を持っているから、悲しい。でも言葉は止めない。同じように真辺と過ごした記憶も持っている僕は、立ち止まり方を忘れてしまった。

「君が幸せなのか、不幸なのかを決めるのは、君だよ。でも、できるなら僕の幸せを、否定しないでいて欲しい」

こんなのは、反則みたいなもので。

優しい堀は頷くしかない、悪い魔法みたいな言葉だ。

堀はそうすることにまで怯えているように、躊躇いながら首を傾げる。

「貴方は、どっちの七草くんなの?」

どちらでもある。でも、どちらかといえばやっぱり、去年の夏に階段島に来た方の僕なのだろう。僕にとって、いちばん綺麗なのは、今でもまだ真辺由宇だ。

だから、僕は答える。

「僕は堀の理想を守りたいと思っているよ。階段島の魔女は君しかいないし、君であって欲しい。そのためなら、どんなに苦しいことだってできる」

七年、堀と一緒に過ごした僕には、もう言えなくなってしまった言葉だ。この先もまだ堀を苦しめてでも、魔女としての彼女を守るための言葉だ。僕はやっぱり彼ではないから、魔女の味方でいられる。

堀はじっと僕をみた。濡れた瞳は純粋で、なんだか幼くみえる。

怖がっているような、震えた声で彼女は言った。

「貴方は、階段島が好きですか?」

僕は頷く。

「もちろん。君の魔法が、大好きだよ」

鞭打つような言葉だ。堀にこの島を、諦めさせないための言葉だ。

なのに、彼女は瞳に涙を溜めたまま、微笑んだ。

「なら、私は幸せです」

僕が堀に、それを言わせた。

本当にこの島が綺麗だと思っているから。優しくて、気高い場所だと思っているから。七年前、もうひとりの僕がそう感じたように、堀の理想は僕にとって、なにを犠牲にしてでも守りたいものだから。そして真辺由宇であれば、苦しくても、傷ついても、まっすぐに進むことを選ぶから。僕は迷っても、けっきょくはこちらに進む。

ぱち、ぱちと拍手が聞こえる。

振り返ると安達が、手を叩きながらため息をついた。

「ずいぶんつまんないことになってきたね」

彼女は失敗したのだ。

安達の狙い通りに、僕が彼を拾って。狙い通りに彼は消えて。それでも堀はまだ、階段島を捨てないでいる。これまでのやり方じゃ、安達は魔法を奪えない。

彼女は冷たい瞳で僕をみつめる。

「大嫌いだよ。こんなのは、ただ残酷なだけの展開だ。まさか七草くんがここまで、悪魔みたいに振る舞うなんてね」

僕は安達をみつめ返す。

「そろそろ、諦めてくれないかな？」

「どうかな。たしかに面倒になってきたけど、でも」

彼女は片足を引いて、背後の真辺に目を向けた。

「貴女はこの島を、どう思う？」

この場に真辺がいることは、僕にとってずいぶん不利だ。

安達よりもずっと怖い。もし階段島を壊す誰かがいるなら、それはやはり真辺由宇だろう。わずかな悪意もなく、正面から堀の不幸を証明する誰かがいるなら、それは間違いなく真辺由宇なのだろう。

彼女は僕をみつめて、首を傾げる。

「もう喋ってもいいの？」

「だめ。今夜はだめ」

「じゃあ、ごめんなさい。きみのお願いをきかないのは心苦しいけれど、やっぱり黙ったままじゃいられないよ」

当たり前だ。

こんな状況、真辺由宇が見過ごすはずがない。

「階段島は改善されるべきだよ」

彼女は言った。

感情的ではない声で、まるで数学の証明みたいに言った。

「詳しいことはよく知らないけれど、少なくとも堀さんは泣いていたから、改善されるべきだよ。苦しくても続けるのは、悪いことじゃない。素晴らしいと思う。でも苦しいまま続けるのは間違っている。今は苦しくても、改善される未来がみえているなら努力には価値がある。でもいつまでも変わらず苦しいなら、その努力は間違っている」

とても当たり前に、真辺は僕のやり方を認めない。

どれだけ綺麗な言葉を選んでも、僕は結局、堀に犠牲になれと言っているのだから。彼女や僕の理想のために、生身の堀の幸福なんか見向きもせずに進み続けろと言っているのだから。

一転して楽しげに、安達が笑う。

「真辺さんは、やっぱりいいね。雰囲気に呑まれない。七草くんにさえ、流されることがない」

彼女はまた足の位置を戻し、笑みを浮かべたまま僕の顔を覗き込む。

「七草くんの気持ちが、私にもわかるよ。やっぱり私たちは似ているみたい。真辺さんの言葉には歪みがなくて、綺麗だ」

安達に似ていると言われるのは、何度目だろう？　わからないけれど、今回だけは少し苛立つ。僕が真辺由宇に抱く感情を、似ているなんて表現されたくない。

笑みを浮かべたまま、安達がこちらに――いや、堀に歩み寄る。

また、彼女は言った。

「貴女よりも、私の方が幸せ」

もう迷わずに、大きくはないけれど強い声で堀は答える。

「いえ。私の方が幸せです」

今さら堀は揺るがない。でも。

「どうして？」

見下すように、安達は首を傾げる。

「この島のどこか一部分が幸せだっていうのなら、それは認めてもいい。否定するのも面倒だよ。でもね、私も相当、幸せだよ？　貴女みたいに悲しいことを抱えていない。苦しいことなんかなにもない。毎日を自由に、楽しく生きているんだよ。どうして私よりも、貴女の方が幸せだって信じられるの？」

堀は答える。

「貴女は初めから、諦めているから」

きっと、何度も繰り返し考えてきた言葉なのだろう。おそらく七年前から。どちらが魔法を引き継ぐのか争っていたころから、この言葉は堀の中にあったのだろう。七年ぶんの推敲を経ているから、堀は躊躇わずに言った。

「貴女は初めから魔法を否定しているから、魔女として幸せではありません。魔法の意味を信じている私の方が、絶対に幸せです」

——魔女は別の魔女に不幸を証明されたとき、その魔法を失う。

と安達は言った。

この言葉は、正確ではない。ひとつの正解ではあるけれど、正解のすべてではない。

——相手の魔女よりも、自分の方が幸せだと証明すればいいんです。

と七年前の堀は言った。

貴女よりも私の方が幸せだと宣言して、魔女を納得させれば魔法を奪える。このルールをふたりは、真逆に解釈した。

だから、堀は負けない。堀は自分の理想を魔法で作り出そうとしているが、安達は上手く魔法を使うことを諦めている。彼女は魔女として、幸福にはなり得ない。

これは致命的な、安達の弱点だ。そのはずだった。

「なるほど。確かに初めから、私じゃ貴女に勝てなかったのかもしれないね」

彼女は少しうつむいて、片手で額を押さえた。でもその口元は笑ったままだった。

「決めたよ。私は私の理想に、真辺さんを選ぶ」

僕は思わず、顔をしかめる。

口を開いたのは真辺だった。

「どういうこと？」

楽しげに安達は答える。

「真辺さんがこの子よりも、自分の方が幸せだって証明してよ。貴女が魔法を手に入れて、この島を理想通りに作り替えればいい。私は貴女の魔法になる。ただ隣にいるだけの、魔法の飾りになってあげる」

そんなことはできない。魔女は生まれつき魔女だから。

そう言ってしまえればよかった。でもおそらく、疑似的に別の誰かを魔女にすることは可能だ。自分の世界において、魔女とはほぼ万能なのだから。真辺に魔法を貸し与えることもできるはずだ。

「私が魔法を奪ったら、真辺さんを魔女にするよ。だから、堀さん。貴女の敵は、もう私じゃない。貴女が階段島の理想にすがるなら、その理想が真辺さんよりも正しいものだって証明してみせてよ」

滅茶苦茶で、頭が痛い。

僕は顔をしかめた。ようやく少しだけ、安達を理解できた気がした。

――彼女の目的は魔法を奪うことで、その先なんかありはしない。

気持ち悪いくらいに、なにもない。だからなんにも拘らない。自分の理想にも、自分の幸せにも、次の魔女に自分がなることにさえも拘らない。どんな手段だって使い、強引に魔法を奪い取る。混色の黒だ。

そして、だから、もしかしたら。

いつか真辺が言った通り、安達は本当に、優しいのかもしれない。

「貴女よりも、真辺さんの方が幸せ」

上手く答えられる？　と言い残して、彼女は背を向けた。

＊＊＊

安達《あだち》が立ち去った扉を、しばらくみつめていた。

彼女に魔法は使えない。

でも彼女の言葉は魔法みたいに、僕の行動を支配する。真辺《まなべ》を魔女にするなんて話を、無視できるはずがない。

堀《ほり》は不安げにこちらをみつめていた。

僕は彼女に微笑んで、「明日、話をしよう」と告げた。本人の目の前ではあったけれど、「真辺を魔女にするわけにはいかない。そんな怖ろしいこと僕にはできない」とはっきり言った。

でも、今日はもうへとへとだ。

それに僕は、今夜のうちに、真辺とふたりで話をしておきたかった。魔女のことも気になるけれど、それだけではなくて。

僕たちの関係のようなものを、もう一度、はっきりさせておきたかった。

＊

灯台を出て、真辺と並んで歩く。

夜風が寒くて背中を丸めて、両手をポケットに突っ込んだ。そういえば鞄を学校に置いたままだ。手袋もその中に入っている。

階段島《かいだんとう》での数か月間で、真辺の隣を歩くことにもずいぶん慣れた。

こうしていると、今日一日の出来事が嘘だったような気がしてくる。もうひとりの僕が消えて、堀が泣いて、安達が不穏な宣言をして。そういうのはみんなフィクションで、映画館を出たあとみたいに、胸にはまだ興奮が残っているけれどこのまま僕たちは現実に帰っていく。そんな気持ちになる。

あるいは、今日起こったことは、僕が意識しているほど劇的な出来事ではなかったのかもしれない。階段島は世界よりもずっと狭くて、だから現実がしばしば誇張される。でもここにくる前だって、僕は意見の合わない僕自身と口論して、それを消したり、消されたりしていたのかもしれない。捨てたり拾ったりしていたのかもしれない。涙を流した女の子なんてこの夜の下にはいくらでもいるし、もしかしたら、その頭上を飛び回る魔女もいるのかもしれない。

いや、さすがに魔女はいないか。でも、ふいに我儘を叶える権利を与えられた女の子くらいなら、やはりどこかにはいるのだろう。

真辺が言った。

「魔女って、なれるものなの?」

僕は背中を丸めたまま首を傾げる。

「どうかな。なりたい?」

「考えたこともなかったな。空は飛んでみたいけど」

空を飛ぶくらいなら、堀に頼めばどうにでもなる。

論点はそこじゃない。黒猫と喋ることでも、お菓子の家を作ることでもない。これは階段島の未来を決める話で、そんなこと真辺にだってわかっている。

真辺と僕は足音みたいに、ぽつり、ぽつりと喋りながら歩く。

「ねぇ、七草《ななくさ》」

「ん?」

「やっぱり私は、この島が嫌いだよ」

「うん。知ってる」

「七草は、好きなんだよね?」

「もちろん」

「なら、たくさん話し合おう」

なんだか状況に似合わない、呑気な言葉だ。そしてやっぱり、まっすぐな言葉だ。真辺は今も、真辺由宇《ゆう》のままでいる。僕の隣で真辺でいる。そのことが嬉しくて、僕は笑う。

「なにを話し合うの？」

「階段島のことだよ。この島のどこがよくて、どこがだめなのか、ひとつずつ考えていこう」

「僕たちは色々なところで、きっと意見が合わないよ」

「だから、いいんだよ。順番に、合わない意見を確認していくんだよ。互いに相手の問題をみつけて、丁寧に話し合えば、とても良い答えがみつかるかもしれないよ」

どうだろう。僕には真辺を、説得できる気がしない。いくつかの細かな部分では、それは可能かもしれない。僕にだって彼女が納得するように、間違いを指摘できるかもしれない。でも本当に重要な部分では、彼女は決して意見を曲げないだろう。そして、今回に限っていえば、僕の方も意見を曲げるつもりはない。真辺が僕を、説得できるとも思えない。

けれど僕は、頷いた。

「そうだね。一度、きちんと話をしよう」

真辺の隣にいるというのは、こういうことだろう。

そう思ったけれど、違った。

「一度じゃないよ。答えがみつかるまで、何度でもだよ」

「うん。そうだね。何度でも話をしよう」

僕は諦めないでいよう。真辺由宇がいつも、自然とそうしているように。僕も諦めないでいよう。真辺が進む姿を美しいと信じたまま、同じようにまっすぐに堀の理想を支えよう。

話し声は続く。足音と同じように。僕たちが並んで歩く限り続く。

「階段島のほかにも、話したいことはたくさんあるよ。まずは大地《だいち》のこと」

「そうだね。大地の話もしよう」

「それから、堀さんのこと」

「それは階段島の話と、だいたい同じじゃない？」

「切り離せないかもしれないけど、やっぱり別だよ。島は島で、堀さんは女の子だよ」

「わかった。堀の話もしよう」

「あとは、安達さんのこと」

「安達のなにを話すの？」

「わからないけど。でも安達さんも、なんだか無理をしてる感じがする」

「そう？」

「うん。七草みたい。自分の幸せを、避けてるみたいにみえる」

僕はもう、そうじゃない。だって僕は今、こんなにも幸せだ。本当は昔から幸せだった。ずいぶん長いあいだ、そのことを認められないでいた。でも、この時間を幸福と呼ぶことに、今は抵抗がない。古ぼけていても、ちっぽけでも、勇気を出せば僕は僕の幸せを認められる。

もう一度、僕は笑う。

「みんな話そう。ひとつずつ、話し合っていこう。時間には限りがあるから、優先順位をつける必要がある。でもできるだけ、たくさんの話をしよう」

真辺は頷く。

「うん。今から?」

「今日はもう疲れたよ」

「じゃあ、明日」

「堀と約束しちゃったよ」

「三人でもいいじゃない。入れてよ」

「君は平気で難しいことを言うね」

誰もが、真辺由宇のようではない。

彼女のように平気で、わずかな悪意も攻撃的な意思もなく、目の前の意見を否定できるわけじゃない。そんなに言葉をシンプルに扱っていない。僕だって。真辺のようにはなれないし、なりたいとも思わない。

「一緒に話そうよ」

と真辺は言う。

「やっぱり秘密はよくないよ。なにかを隠すと、みんなで考えることもできないよ」

僕は首を振る。

「誰かが傷つくような言葉を、わざわざ聞かせる必要はない。大切な人を守るために必要な、優しい秘密だってある」

真辺は微笑む。

「七草はすぐ、守ろうとする」

僕は顔をしかめる。

「真辺はすぐ、壊そうとする。傷つけることを怖れない」

障害を、問題を。その破片が飛び散って、誰かが傷つくのもかまわずに、平気で叩き壊そうとする。

「傷は、いつか治るよ」

「でも初めから、痛くない方がいい」

「もちろんいい。でも、必要な痛みもある」

「だとしても、それを決めるのは君じゃない」

「じゃあ誰が決めるの？」

「それぞれが、自分で決める」

「それは、なんだかずるいよ」

今度は真辺の方が、顔をしかめる。

「守ることなら勝手に決めてよくて、傷つくことはだめなのは、ずるいよ」

僕と真辺は、こんなにも意見が合わない。でも僕たちは、同じ言葉で会話している。

真辺がそれをずるいと言う理由を、僕はきちんと知っている。

人は進むと、傷つくものなのだろう。現実にさらされていると、傷つくものなのだろう。階段島はその痛みを取り除く。完全にはできなくても、できるだけ少なくする。同時に僕たちからは、自由が奪われている。傷つきながら進む自由が。

だから、勝手に決めてしまうことが問題なら、階段島も問題だ。

真辺を否定して、階段島を肯定するのは、彼女の視点に立てばずるい。

真辺はまっすぐ前をみる。暗い空の下で、黒いアスファルトの上で、彼女の白い肌が輝いてみえる。なんにも混じらず、目も逸らさずに、彼女は言った。

「私は、魔女になろうと思う」

堀は、あの優しくて泣き虫な魔女は、だが間違いなく階段島の独裁者だ。真辺由宇はそれを許さない。彼女だって充分、独裁者のようなのに、でも正体を隠して話をする機会も与えなかった魔女を許さない。

知っていた。だから僕も、迷わず答える。

「なら僕は、君の敵になろう」

冗談みたいだけど本当に、僕は真辺の敵になろう。必要であれば彼女を苦しめて、悲しませて、彼女に苦しめられて、悲しませられて、僕たちは互いに我儘であろう。

真辺は頷く。

「うん。いつまでも、そうなら嬉しい。私が上手く魔女になれたとしても、きみが私の問題を繰り返し教えてくれるなら、嬉しい」

なんだか可笑しくて、僕たちは一緒に笑う。僕は空を見上げて、彼女はやっぱり前をみている。夜空がずいぶん低く感じた。手を伸ばせば届くところに、星々が散らばっているようだった。僕は幼いころに見上げた空を思い出す。七年前、もうひとりの僕が堀と一緒に飛んだ空を思い出す。それから今、真辺の隣で見上げている空を、忘れないでいようと決める。

いつか真辺が本当に苦しんで、悲しんで、もしも涙をこぼしたなら、やっぱり僕も傷つくだろう。真辺の理想ではなくて、真辺自身を守りたいと、少しは考えるだろう。だとしても。僕は彼女の涙を拭かない。その涙まで綺麗だと信じている。

なら、迷いはない。真辺由宇の敵になることを、躊躇う必要なんかない。

どれだけ傷ついても、真辺由宇はまっすぐに進むだろう。その姿勢だけが綺麗で、綺麗な彼女をみていられるなら、真辺がどれだけ打ち負かされても別にいい。真辺が欠けずにいてくれるなら、その相手が僕でもかまわない。決して僕を照らさなくても、気高い星は僕の空に輝いているだろう。ただそれだけを信じていられるなら、ほかに望むものはなにもない。

僕は弱々しい黒でいよう。透明な黒でいよう。彼女の孤独な理想を抱きしめて、その光を遮らないまま、僕だって孤独な黒でいよう。

愛ではなくて、恋ではなくて。

まだ名前もないようなこの感情と一緒に、僕は彼女の隣から逃げ出さずにいよう。

本書は新潮文庫のために書き下ろされた。